내가 너에게 좋은느낌이면 좋겠어

내가 너에게 좋은느낌이면 좋겠어

21세기북스

김민철
김하나
하미나
홍인혜
황선우

25년간 대한민국 여성들에게 많은 사랑을 받은 순우리말 여성용품 '좋은느낌'. 모든 사람으로 하여금 쉽게 익혀 날마다 쓰기에 편안케 하고자 만든 '한글'.

둘 다, 없어서는 안 될 필수품이자 우리 삶을 보다 풍요롭게 만들어주고 쓰는 이의 몸과 마음을 편안하게 하며 일상과 일생 속에 깊이 스며들어 함께 숨 쉬고 있다는 점에서 좋은느낌은 한글과 참 닮아 있고, 앞으로도 더 닮아 가고 싶습니다.

순우리말 브랜드인 좋은느낌은 2024년 한글날을 맞아 각자의 방식으로 기억하고, 소중하게 지켜가는 좋은느낌을 한글로 지어내고자 합니다.

오랜 시간 좋은느낌을 써온 여성들이 한 글자 한 글자 한글로 빼곡히 쓰여진 좋은느낌의 결정체인 '책'을 통해 이제는 좋은느낌을 읽으며 다정하고 편안한 기억을 공유하기를 바랍니다.

순우리말로 이루어진 좋은느낌이 한글날을 기념하는 방식. "좋은느낌을 쓰고, 좋은느낌을 읽다."

2024년 가을,
온전히 한글로 지어진
좋은느낌으로부터.

차례

김민철

차근차근 구축하고 있습니다

사소한 것들로 단단하게

중학교 2학년. 학교를 마치고 집에 돌아온 나는 교복을 갈아입지도 않고 TV부터 켠다. 요 며칠 사이 집은 풍비박산이 났지만, 이 오후엔 거짓말처럼 고요하기만 하다. 엄마는 일하는 중이고, 동생은 밖에서 친구들과 노는 중일 거다. 언제나처럼 집엔 나 혼자다. 사실 나는 요즈음 일어난 일들을 어떻게 소화해야 할지 알지 못한다. 어린 나에게 엄마는 구체적인 이야기를 하지 않는다. 엄마의 전화 통화를 엿들으며 조각난 정보들을 모아보지만, 여전히 알 수 없다. 더 이상 이 집에 살 수 없다는 말일까. 그럼 우리는 어디로 가야 하는 걸까. 갈 곳은 있는 걸까. 확실하게 아는 건 있다. 중학교 2학년답게 어둠이나 반항으로 방향을 틀기에 딱 좋은 사건들이 일어났다는 것. 하지만 그게 나의 길이 아니라는 사실도 알고 있다. 반항이라니. 그것은 내게 너무나도 어려운 단어다.

나는 나에게 꼭 맞는 안식처를 알고 있다. 자동 반사적으로 비디오 플레이어의 재생 버튼을 누른다. 어제 보다가 만 부분부터 영화는 재생된다. 영화 속 세상에 잠깐 살다가 학원 갈 시간이 되면 나는 TV를 끄고 옷을 갈아입고 집을 나설 것이다. 그게 지금 내가 나를 구할 수 있는 유일한 방법이다. 그러니 나는 그 일을 한다.

텅 빈 집에 전화가 울린다. 친구의 전화다.

"뭐 해?"

"영화 봐."

"어떤 거?"

"사운드 오브 뮤직."

"또? 야, 지겹지도 않냐. 이제 학원 갈 시간이야."

"어어. 이 노래까지만 듣고."

친구까지 지겨워하는 이유가 있다. 나는 지금 이 영화를 1년 넘게 보고 보고 또 보고 있는 중이다. 언젠가 '주말의 명화'에서 해주는 이 영화를 녹화해둔 나에게 두고두고 고마워하며 수시로 이 영화를 튼다. 그렇게 많이 본 영화인데도, 옷을 갈아입으면서도 TV 화면에서 눈을 떼지 못한다. 막 좋아하는 노래가 시작되었다. 일곱 아이들의 가정교사로 들어간 마리아의 첫 근무일 밤에 천둥이 치고, 폭풍우가 시작된다. 무서워하며 마리아의 방으로 달려온 일곱 아이들을 위해 마리아가 노래를 부른다.

장미 꽃잎 위 빗방울

새끼 고양이 수염

반짝이는 구리 주전자

따뜻한 털장갑

노끈이 묶인 갈색 소포

이게 내가 좋아하는 것들이지.

크림색 조랑말

바삭바삭한 사과 파이

초인종 소리

썰매 종소리

면과 슈니첼

날개에 달을 품고 나는 기러기

이런 것이 내가 진짜 좋아하는 것들이야.

파란 공단 허리띠를 맨 하얀 원피스의 소녀들

콧잔등과 속눈썹 위로 떨어지는 눈송이들

봄으로 녹아드는 은빛 겨울

이 모두가 내가 좋아하는 것들.

개가 짖기도 하고,

벌이 쏘기도 할 거야.

슬픈 날도 있을 거야.

그럴 땐 내가 가장 좋아하는 것들을 기억해.

그럼 좋은 기분이 찾아올 거야.

객관적으로 마리아가 기분 좋을 이유는 하나도 없다. 자신의 의지와 상관없이 오늘 아침 수녀원을 떠나온 참이고, 가정교사 일은 해본 적도 없다. 잘할 자신도 없다. 일곱 명의 아이를 혼자 가르쳐야 한다니. 더군다나 스스로에게 겨우 용기를 불어넣으며 도착한 곳에는 자신에게 적대적인 아이들만이 기다리고 있을 뿐이다. 아이들은 마리아의 주머니에 개구리를 넣고, 의자 위에는 솔방울을 깔아둔다. 얼른 이 일을 그만두라는 신호가 저택에 도착하자마자 쏟아진다. 아이들의 아버지는 또 어떻고. 이름 대신 호각 소리로 사람을 부르는 군인 출신 남자라니.

이런 상황에서 마리아는 자신을 기쁘게 하는 것에 대한 노래를 한다. 무슨 대단한 사건을 말하며 애쓰는 것이 아니다. 무슨 근사한 물건을 자랑하며 위안하는 것도 아니다. 겨우 장미 꽃잎 위 빗방울과 새끼 고양이의 수염을 노래하고 있을 뿐이다. 누구나 겪는 봄과 누구나 보는 달을 언급하고 있을 뿐이다. 살면서 문득문득 마주하는 작고 반짝이는 아름다움들. 그것에 대해 말하는 것이다. 막막하지만, 때론 슬프기도 하지만, 천둥이 치고 폭풍우가 불기도 하지만, 내가 좋아하는 것들에 대해 이야기를 해보자고 노래를 하고 있었다. 슬픔으로 숨지 말고. 어둠 속에 몸을 웅크리지도 말고. 이건 어쩌면 어둠의 입구에 서 있는 중학교 2학년인 나에게도, 여러 굴곡을 거쳐서 40대 중반에 도착한 나에게도, 유용한 노래가 아닐까 싶다. 마리아의 조언에 따라 나도 나만의 〈my favorite things〉를 써내려가 볼까.

새잎 돋기 시작한 버드나무

창 가까이 날아가는 새들의 그림자

깜깜한 아침의 커피

새벽에 써내려가는 일기

이게 내가 좋아하는 것들이지.

우리끼리만 아는 신호

눈 마주칠 때의 짧은 웃음

일부러 틀리게 부르는 노래

잠든 그의 숨소리

이런 것이 내가 진짜 좋아하는 것들이야.

단숨에 비우는 생맥주

한입 가득 넣은 치즈들

털신과 담요의 온기

읽어도 읽어도 또 새로울 책들

이 모두가 내가 진짜 좋아하는 것들이지.

내 머리 위로만 비가 떨어지는 것 같을 때.
영원토록 바람이 내 뺨을 때릴 것 같을 때.
그럴 땐 내가 가장 좋아하는 것들을 기억해.
그럼 좋은 기분이 찾아올 거야.

아주 오래 고심해서 나만의 〈my favorite things〉를 써 본다. 여기에 적힌 것들을 읽으며 나는 안도한다. 내가 좋아하는 것이 이토록 많다는 사실에. 버드나무의 연둣빛이 봄마다 나를 위로하고, 창에 비치는 새의 그림자를 찍고 싶어서 카메라를 들고 기다린 적이 많다는 사실에. 그가 노래를 부를 때마다 일부러 최대한 어긋나는 화음을 넣는 걸 그도 나도 좋아한다는 사실에. 비싼 술이 아니라 동네 허름한 호프집에서 마시는 시원한 생맥주를 여전히 제일 좋아한다는 사실에. 추위를 좋아하지만, 이제는 추울 때 신는 털실을 더 좋아하는 나이가 되었다는 사실에. 나에게도 애착 담요가 있고, 그 담요가 앞으로의 겨울에도 내 곁에 있을 거라는 사실에. 누군가에게는 '겨우'일 수 있는 것들이, 나에게는 '무려' 좋음이 되어 있고, 그 사실에 나는 단단히 만족하고 있다. 너무 많은 것이 필요하지 않은 사람이다. 이 정도가 딱 적당한 사람이라 다행이다.

겨울 아침을 생각한다. 밖은 뿌옇고 하늘은 심술궂고 봄은 멀다. 아무리 내가 겨울에 호의적인 편이라 해도 긴 겨울은 아무래도 야속하다. 침대에서 남편의 잠자는 숨소리를 듣다가 몸을 일으킨다. 출근까지는 아직 시간이 좀 남았다. 두꺼운 털 실내화에 발을 밀어 넣고, 조명을 켜고, 물부터 끓인다. 어깨엔 제일 좋아하는 담요를 두른다. 뜨거운 커피를 호호 불면서 책상 앞에 앉아 컴퓨터를 켠다. 타닥타닥 장작 타는 소리는 없어도, 타닥타닥 키보드 두드리는 소리는 낼 수 있다. 그렇게 일기를 쓴다. 문득 일기 쓰기를 멈추고 고개를 들면 밤새 몰래 내린 눈 같은 고요함이 집 안을 가득 채우고 있다.

알고 있다. 오늘은 또 얼마나 많은 어려움이 나를 기다리고 있는지. 이 잠깐의 평화가 얼마나 얇고 찢어지기 쉬운 건지. 하지만 동시에 알고 있는 사실이 있다. 그토록 연약하기 때문에 애써 이 시간을 지켜내야 한다는 사실을. 간단하게 말하자면 그냥 아침에 조금 일찍 일어나서 커피를 마시며 일기를 쓰는 시간일 뿐이다. 하지만 그 안에 이미 내가 좋아하는 것들이 다량 첨가되었다. 숨소리, 새벽의 고요, 차가운 공기, 털 실내화, 담요, 커피, 그리고 일기까지. 그 작은 것들을 차곡차곡 쌓아 올려 나만의 좋은 느낌을 구축한 것이다. 어디 멀리서 완벽한 상태의 좋음을 찾아 헤매는 대신, 나에게 가장 익숙한 곳에서 나를 위한 좋은 느낌을 스스로 구축한 것이다. 핵심은 '구축'이다. 마치 새가 둥지를 짓는 것처럼, 돌멩이를 쌓아 올리며 소원을 비는 것처럼, 나의 좋은 느낌을 다름 아닌 내가 구축하는 것. '느낌'은 애매한 단어일지 모르지만, 적어도 나에게만큼은 구체적인 무엇이니까. 나를 위해 좋은 것을 모아다가 집을 짓고, 나를 위해 좋은 것을 모아다가 오늘의 안녕을 빈다. 나의 좋은 느낌은 나로 인해 실재한다.

다시 말하지만 핵심은 '구축'. 잠깐, 근데 이거 어디서 들은 적 있는 말인데?

좋고도 나쁜, 나쁘고도 좋은

언젠가 한 어른이 내게 말했다. 신입사원으로 출근한 첫날이었다.

“일을 하다 보면 좋은 선배도 만나고, 나쁜 선배도 만나게 될 거야. 하지만 후배의 유일한 특권은 좋은 선배의 좋은 점은 배우고, 나쁜 선배의 나쁜 점은 안 배우면 된다는 거지.”

아주 오랫동안 이 말을 곱씹고 있는 중이다. 벌써 20년 넘게, 회사를 그만둔 이후에도 종종 이 말을 꺼내서 곱씹어보고 있다. 그분의 예언처럼, 좋은 선배만 만났을 리 없다. 살면서 좋은 사람만 만났을 리 없는 것처럼. 나쁜 사람만 만났을 리도 없다. 나는 보석과 같은 사람들의 이야기를 많이 알고 있다.

그 사람들 중에 한 사람에 대해 이야기해보는 것도 좋을 것이다. 이런 이야기는 어떨까? 남들 다 가는 동남아 휴양지에서 굳이 고아원을 찾아가는 사람의 이야기. 매일 아침마다 자신의 어린 아들과 함께 그곳에 들러 자신은 아이들에게 영어를 가르쳐주고, 어린 아들은 아이들과 놀다가 다 함께 음악단을 조직하게 된다는 이야기. 그 음악단이 이곳저곳에서 공연을 하게 되며, 점점 불러주는 곳이 많아지며, 아이들이 자립할 수 있는 토대가 된다는 이야기. 이런 사람의 이야기라면 누구든 좋은 느낌을 가질 수 있을 것이다. 심지어 지어낸 이야기도 아니다. 오소희

작가와 그의 아들의 이 이야기는 내가 언제나 자랑스럽게 말하는 내 친구의 이야기이기도 하다.

이건 너무 다른 차원의 이야기라고? 그렇다면 이런 사람의 이야기는 어떨까? 아파서 길에 쓰러지려는 나를 위해 덤프트럭을 급하게 세운 기사분의 이야기는? 외국 식당에서 방황하는 나를 위해 음식을 하나하나 추천해주고, 혹시 맛이 궁금하면 방금 나온 자신의 음식을 먼저 먹어보라며 숟가락을 내미는 사람의 이야기는? 나의 바닥난 자존감을 매일 두둑이 채워주는 사람의 이야기는? 나도 못 믿는 나를 나보다 더 강하게 믿어주는 사람의 이야기는? 이런 이야기를 끝없이 해나갈 수 있다는 건 내 인생의 훈장일지도 모르겠다. 하지만 이런 사람들의 이야기보다 지금 이야기하고 싶은 사람은 따로 있다.

한 선배가 있었다. 이분과 일해야 된다는 이야기를 들었을 때 나는 너무 놀라 작은 소리 하나 내뱉지 못했다.

나도 모르게 눈물부터 주룩 흘렀다. 겁에 질렸던 것이다. 회사에 아군보다 적군이 많은 분이었다. 강한 경상도 억양 뒤에는 욕이 자주 붙었다. 자기 멋대로다, 이기적이다, 기회주의적이다, 나쁜 이야기들이 내게 속속 도착하는 와중에 '일에 대한 감각이 좋다'라는 평도 내게 함께 도착했다. 어쨌거나 도망칠 방법은 없었다. 나는 꼼짝없이 그 선배와 일을 시작하게 되었다.

사람들의 평가는 정확했다. 이기적이었다. 하지만 이기적인 면이 묘하게 어린아이 같은 구석으로 느껴지는 사람이기도 했다. 기회주의적이긴 했다. 하지만 그렇게 얻은 성과에 대해 솔직하게 자랑하니 너무 미워하긴 어려웠다. 자기 멋대로이기도 했는데 그게 또 스스로의 좋은 감각과 붙어 있어서 같이 일하면서 배우는 것도 많았다. 매일 같은 식당에서 밥을 먹어야 했지만, 회식을 할 때에도 매번 같은 술집에만 가야 했지만, 매일 너무 늦게까지 야근을 해야 했지만, 자주 남 탓을 들어야 했지만, 그래서 너무 힘들었지만, 그 선배가 미울 때가 많았지만, 싫진 않았다. 너무나도 피곤한 몸을 이끌고 퇴근을 하다가도 후배들이 컴퓨터에 띄워놓은 작업물을 보면 지나치지 못하는 사람이었다. 자신과 아무 상관이 없는 일이었는데도, 갑자기 가방을 내려놓고 그 작업물을 아름답게 만들어야만 직성이 풀리는 사람이었다. “들어가세요.”라고 말을 해도, “이걸 봤는데 어떻게 들어가!”라며 꾸역꾸역 끝까지 일이 제대로 흘러가는 걸 봐야 겨우 걸음을 떼는 사람이었다. 전반적으로 나와는 너무나 다른 사람이어서 매번 나는 신기한 눈으로 그를 지켜보았다.

하루는 옆 팀 친구가 나에게 이야기했다.

“그 선배가 어떤 사람인지 너무 잘 아는데, 이상하게 너의 이야기를 듣다 보면 그 사람이 좋은 사람처럼 느껴져서 자꾸 놀라게 돼.”

그 말을 듣고 화들짝 놀란 것은 오히려 나였다. 그를 좋은 사람으로 생각해버리기로 한 건가, 나는. 그 선배의 단점을 이토록 가까이에서 많이 겪고 있는데? 그러면서도 그 사람의 좋은 이야기를 하고 있다는 건, 그가 내겐 좋은 사람이라는 뜻일까? 다른 사람에게는 꽤나 나쁜 사람인 것 같은데? 알 수 없었다. 다만 신입사원 때의 조언을 충실히 수행하고 있다는 점만은 확실히 알 수 있었다. 나쁜 부분은 버리고, 좋은 부분은 취하려고 노력하는 중이었다. 누가 뭐래도 그의 감각은 배우고 싶었으니까.

유난히 가까이에서 일을 했기 때문에 유난히 그 선배를 세심히 지켜볼 수 있었다. 덕분에 그로부터 구축된 내가 지금도 내게 남아 있다. 그의 자기중심적인 면모를 보며 절대로 후배들에게 저렇게 하지 말아야지 다짐했고, 아름다운 결과를 위해서는 자기 몸을 아낌없이 던지는 모습은 나도 꼭 따라 해야지 하고 곱씹었다. 나쁜 기운이 흐를 땐 나까지 감염될까 봐 일부러 거리를 뒀다. 좋은 기운이 흐를 땐 그 기운을 열심히 부추기기도 했고.

마음먹기에 따라서 상대가 달라진다, 같은 이야기를

하고 싶은 게 아니다. 모든 사람에게 있는 좋은 부분을 발견하기 위해 마음을 넓게 가져라, 같은 이야기를 하고 싶은 건 더더욱 아니다. 우리가 무슨 득도한 도인도 아니고, 우리 마음의 너비가 대지주의 땅덩이도 아니다. 한정된 내 마음을 어떻게 써야 할까, 우리는 고민할 수밖에 없다. 특히 사람에게 쓸 수 있는 에너지가 한정적인 나는, 비좁은 마음을 데리고 사느라 매일 애쓰는 나는, 마음의 최적 효율을 생각할 수밖에 없다. 많은 사람을 만나서 더 다채로운 나를 구축하고 싶은 마음도 없진 않지만, 그게 내 성향과 에너지에 부합하지 않는다는 것도 알고 있다.

결국 나의 최선은 이것이다. 우연히 나의 환경이 된 사람들에게서 좋은 점들을 배우는 것. 내가 좋아하는 것들을 모아 나에게 좋은 순간을 구축한 것처럼, 내가 만나는 사람들의 장점을 모아서 나를 구축하려고 애쓰는 것. 물론 100퍼센트 닮고 싶은 누군가를 따라가도 좋을 것이다. 하지만 그런 사람을 발견하는 것이 가능하지도 않거

니와 그 사람의 장점이 나의 장점이 되리라는 보장도 없다. 나는 그 사람이 아니니까. 누군가의 크나큰 장점도 나에게 맞아야 나의 일부로 이식된다. 장식이 아니라 이식. 남들의 좋아 보이는 점을 억지로 가져다가 나를 꾸며봤자 남의 깃털로 덕지덕지 장식한 우스꽝스러운 새가 될 뿐이니까.

동시에 매번 생각하려 애쓴다. 나에게 좋음이 누군가에게는 나쁨이 될 수 있고, 누군가의 나쁨이 다른 누군가에게는 포근한 좋음이 될 수 있다는 것을. 같이 일하는 사람만 챙기고, 일은 제대로 챙기지 못하는 어떤 사람의 특성은 나에겐 절대 악으로 여겨졌지만, 어린 후배들은 그의 관심에 기대서 자라기도 했다. 반대로 어떤 일 앞에서든 책임감을 가지고 기어이 해내는 한 동료의 특성은 나에겐 믿음직하기만 했지만, 다른 사람들은 무자비하게 느껴진다고 말했다. 그 사실을 알게 된 후 누군가가 견딜 수 없이 싫어질 때, 그 마음이 공고해져 어느새 그 사람을 마주치기도 싫어질 때 나는 나를 살살 타이른다. 나에게 안 좋은 사람이 모두에게 안 좋은 사람이라는 뜻은 아니야. 내가 싫어하는 바로 그 이유 때문에 누군가는 저 사람을 좋아하기도 한다는 걸 알지 않니. 이런 노력은 그 사람을 좋아하려는 노력과는 완전히 구분된다. 피할 수 있으면 피하되, 그럴 수 없다면 나만의 자구책을 써보는 것이다. 오래도록 기억하는 그 조언처럼, 나는 모두에게서 내가 배우고 싶은 좋음만 배우면 되니까.

내겐 자유가 있다.
나의 좋음을 내가 구축할 수 있는 자유가.

한 뼘의 좋음을 늘리기 위해

질문은 필연적으로 여기에 도착한다. 지금껏 내가 구축해온 지금의 나는 좋은 사람일까. 이 질문에 당신이 단호하게 고개를 끄덕였다면 축하한다. 자신의 좋음을 확신할 수 있다는 건 일종의 재능이다. 나는 반성을 재능으로 가지고 있는 사람이다. 매 순간을 다각도로 반성할 수 있다. 덕분에 나는 아무래도 이 질문에 쉽게 고개를 끄덕이기 어렵다. 매끈한 사회적 자아 뒤에 숨겨놓은 나의 못난 부분을 다름 아닌 내가 제일 잘 알고 있으니 말이다. 순간순간 올라오는 못난 마음과 싸우느라 다름 아닌 내가 고군분투 중이니까.

아주 어렸던 어느 날로 건너가보자. 막 한글을 배워 지나가는 모든 글씨를 다 읽으려고 노력했던 나는, 어느 날 차를 타고 가다가 '양보'라는 표지판을 보았다.

"양… 보… 엄마, 양보가 뭐야?"

"민철이가 먼저 가고 싶어도, 다른 사람을 위해서 잠깐 참는 거야."

잘 이해되지 않았지만, 다음 글자들을 읽느라 바빴으므로 그쯤에서 질문은 멈췄다.

그날 오후였다. 엄마가 사과를 깎더니 맨 첫 조각을 나에게 주었다. 그걸 받아들고 잠깐 고민했다. 아무리 생각해도 그다음 조각이 더 클 것 같았다. 나는 얼른 옆에 있던 동생에게 첫 조각을 넘겼다. 그때였다.

"아이고, 민철이가 오늘 양보를 배우더니, 바로 동생에게 양보하네."

그 순간 부끄러움이 나를 찾아왔다. 양보의 뜻을 여전히 알 수는 없었지만, 내가 칭찬을 받을 만한 착한 일을 한 건 아니라는 사실을 내가 제일 잘 알고 있었으니까. 단지 더 큰 조각을 먹기 위해서 한 일이었다. 하지만 칭찬이란 얼마나 달콤한가. 사과보다 더 달콤한 그 칭찬을 받아먹기 위해 나는 입을 다물었다. 굳이 동생에게 양보한 이유를 말하지 않아도 될 것이다. 뭔가를 동생에게 먼저 주는 것만으로도 칭찬을 받을 수 있다니. 나는 손쉬운 인생의 이치를 하나 알아버린 기분이었다. 그때부터였다. 나는 자주 동생에게 양보를 했다. 그리고 그때마다 손쉽게 칭찬을 얻어냈다.

"어휴, 우리 민철이는 착하기도 하지."

나는 이 칭찬을 믿고 싶었다. 이 칭찬을 사실로 만들고 싶었다. 그렇게 내 마음이 가는대로만 행동하지 않는 법을 배웠던 것 같다. 그것만으로도 충분히 착할 수 있었던 어린 시절이 있었다.

그 어린 시절을 문득 떠올린 건, 최근 한 모임에서였다. 그날 우리의 이야기는 흘러 흘러 '위선'이라는 단어에 도착했다. 한 서바이벌 프로그램에서 모두 같이 살아남기 위한 방안을 모색하는 한 참가자에게 다른 참가자가 '위선'이라는 말을 사용했기 때문이었다. 우리 모두가 이기적 유전자를 가지고 태어났다는 사실을 의심하지 않은 채로 삶을 살아가는 사람과, 그럼에도 불구하고 그 유전자를 사회적 자아가 다스릴 수 있다는 믿음 위에 삶을 구축하는 사람은 다를 것이다. 전자는 누군가의 선한 의지 앞에서 '위선'이라는 단어를 쓸 수밖에 없을 것이다. 약육강식의 세상에서 공생을 말하다니. 공생이 가능하다고 생각하는 건 너무나 한가한 이야기가 아닌가. 다행히 그날 그 모임의 사람들은 모두 후자의 입장에 선 사람들이었다. 불가능한 공생이라면 끝까지 공생을 고집하고, 공생을 노력해보고 싶은 사람들이었다.

"세상에 이토록 선이 부족한데, 위선이 왜 나빠요? 그렇게라도 선이 많아져야 하는 거 아닌가? 나는 제발 다들 위선이라도 좀 부리며 살았으면 좋겠어."

이기는 게 좋은 것이라고 여겨지는 세상에서, 돈이 최고의 선이 된 지 오래된 이 사회에서, 비난이 제일 쉽게 행해지고, 한 사람을 짓밟아서 결국 사라지게 만드는 일이 비일비재한 이 땅에서 위선이 왜 나쁜가. 그 선이 100퍼센트의 진심으로 이루어지지 않았더라도, 극단적으로 말해서 10퍼센트 정도의 진심만 담고 있더라도, 그 선이 배고픈 누군가의 밥 한 끼가 된다면 그건 좋은 일이 아닐까. 의식 있는 척하고 싶어서, 근사해 보이는 사람을 따라 하고 싶어서, 그 사람의 좋음을 나에게도 장착하고 싶어서 하는 위선일지라도, 이곳에 한 줌의 선이 늘어날 수 있다면 해도 좋지 않을까. 물론 나쁜 의도를 가지고 좋아 보이는 가면을 쓰는 위선은 예외로 쳐야 할 것이다. 하지만 그게 아니라면 엄마의 칭찬을 한 번 더 받고 싶어서 의도치 않은 양보를 한 나의 어린 시절처럼 그건 무해한 일 아닐까.

그런 사람들이 있다. 척박한 나에게서 기어이 좋은 부분들을 끄집어내는 사람들. 나는 그렇게 좋은 사람이 아닌데, 나를 좋은 사람으로 봐주는 사람들 앞에서는 그 기대에 부응하고 싶은 마음이 든다. 좁은 마음에 한 톨 남은 좋음일지라도 기어이 찾아내서 나무로 키워 보여주고 싶은 마음이 든다. 그건 위선일까. 그게 위선일지라도 그 사람을 만날 때마다 내가 좋은 사람이 된다면, 그런 사람을 내 곁에 더 많이 두면 되는 거 아닐까. 그럼 어느 순간 나에게도 좋은 면이 이식되는 것 아닐까. 그렇게 내가 조금 더 좋은 사람이 되면 또 좋은 사람들이 곁에 모일 수 있지 않을까. 그 사람들에게서 좋은 영향을 받고, 그 사람들은 내게서 또 좋은 영향을 받고, 그래서 좋은 느낌을 주는 사람이 많아진다면 그건 좋은 일 아닐까.

구축. 하고 싶은 말은 돌고 돌아 다시 구축으로 돌아온다. '언제나 완벽한 선'을 믿지 못하는 나는, 조금이라도 내게 좋은 순간을 구축하고, 좀 더 좋은 나를 구축하려

애쓴다. 위선일지라도 조금의 선이라도 늘어나는 것이 좋다고 생각하는 나는, 나를 좋은 사람이고 싶게 하는 사람들 곁에, 책 옆에, 문장 앞에, 눈빛 속에, 계속 나를 데려갈 수밖에 없음을 안다. 한 뼘의 좋음이라도 늘리고 싶다면 애쓸 수밖에 없다는 것을 안다.

좋은 느낌은 결국 내가 구축하는 것이다. 좋은 느낌을 주는 나는 결국 내가 구축할 수밖에 없는 것이다. 이 당연하고도 간명한 이치를 실현하는 건 또 어려운 일이라 나는 매일 매 순간 애쓸 수밖에 없다. 평생에 걸쳐 애써보겠다는 다짐을 좋은 작가들의 글 앞에 단단히 묻어둔다.

김하나

은유가 말을 걸 때

재배열의 순간

최근의 일이다. 문득 나에게 거대한 재배열의 순간이 찾아왔다. 재배열이라니 무슨 말인가 싶을 것 같다. 이를테면 인터넷 쇼핑몰에서 물건을 둘러볼 때 '인기도순', '최신 등록순', '높은/낮은 가격순' 같은 항목을 클릭하면 페이지가 좌르르 재배열되며 상품의 섬네일이 완전히 다른 순서로 보이게 되는 것과도 비슷했다. 내게 그런 순간이 찾아온 것이다. 다만 그 규모는 인터넷 쇼핑몰 정도의 범위보다도 훨씬 커서, '세상 그 자체의 재배열'이라고 부를 만한 정도였다. 보통 그런 순간을 '각성'이라고 부른다.

어떻게 이런 순간이 찾아오게 되었는가를 차근차근 설명해보겠다. 우선 나는 '2024년 서울국제작가축제'라는 행사의 개막식 사회를 맡아달라는 제안을 덥석 수락했다. 그 이유는 여러 해 전 친구의 결혼식 사회를 맡았을 때 느꼈던 점에서 비롯했을지도 모르겠다. 나는 신부의 친구였는데, 내가 사회를 맡지 않으면 신랑의 친구가 그 역할을 맡게 될 거라고 했다. 남성인 그분보다는 내가 맡는 게 더 참신해 보이고 나을 것 같았다. 오래전부터 반복되어온 예식이나 관습의 이모저모를 다른 시각에서 바라보는 일은 아무래도 여성이 낫지 않을까.

나는 예식장 측에서 준비해준 진행 멘트 대본에서 '신랑과 신부는'이라고 되어 있는 부분 중 절반은 '신부와 신랑은'으로 순서를 바꿔 부르며 균형을 맞췄다. '신부 아버지가 딸을 데려와 기다리고 선 사위에게 보내는' 형식까지야 내가 어찌하지는 못했지만. 당시만 해도 관습적인 웨딩홀 결혼식 사회를 여성이 맡는 것은 비교적 드문 일이어서 어르신들이 '결혼식 분위기가 참신하고 좋다'고 평했다고 들었다. 이후로 나는 다른 친구의 결혼식에서 주례 없이 성혼선언문을 낭독하는 역할을 제안받았을 때도 마다하지 않았다.

TV에서 시상식이나 기념식, 또는 오디션 프로그램 등을 남성 혼자 진행하는 경우는 많지만, 여성이 혼자 진행하는 경우는 드물다. 오랫동안 송해 선생님이 맡았던 〈전국노래자랑〉의 MC 자리를 훨씬 더 젊은 여성인 김신영 씨가 이어받게 되었을 때 나는 얼마나 환호했던가! 그러나 갑작스러운 통보를 통해 다시 남성 MC로 교체되어버린 것이 불과 몇 달 전의 일이다. 나는 마이크를 잡은 여성이 단독으로 여러 행사를 진행하는 모습이 많이 보이는 것이 이 보수적인 사회에 좋은 영향을 미치리라 생각하기 때문에 '서울국제작가축제' 진행 제안을 받았을 때 일단 수락하고 본 것이다.

큰 국제 행사이고 외국 작가들도 참여하기에 미리 통역을 준비해야 하는 문제도 있어, 내 예상보다 더 일찍부터 대본이 오가고 미리미리 준비를 철저히 해야 했다. 문제는 그 즈음이 내가 너무 바쁘고 정신없을 때여서 잠시도 쉴 짬이 없이 내적 눈물을 흘리며 아등바등 일을 할 수밖에 없었다는 사실이다. 내가 일정 바보인 탓도 있었을 것이다. 길치나 음치에게 그렇듯이, 내게는 일정을 잘 조율해서 합리적이고 효율적으로 시간을 배분하는 일이 늘 어렵기만 하다. 3년 반 동안 썼던 고전 읽기에 관한 책 『금빛 종소리』가 마침내 출간된 지 얼마 지나지 않은 터라 북토크와 인터뷰 등 각종 행사가 있는 와중에, 나의 동거인인 황선우 작가와 함께 사는 이야기를 쓴 책 『여자 둘이 살고 있습니다』의 개정판이 이어서 출간되며 여러 작업을 해야 했고, 거기다 나의 엄마 이옥선 씨의 에세이집 『즐거운 어른』도 동시에 출간되는 바람에 그에 관련한 행사들도 한꺼번에 준비하고 치러야 했다. 읽고 써야 할 원고와 서류가 너무나도 많았다.

인간 진화의 장바구니론

혼이 나갈 듯한 스케줄 속에 '서울국제작가축제' 개막식에 참여하는 두 명의 여성 작가 중 한 명인 아르헨티나 출신의 작가 클라우디아 피녜이로의 발제문 번역본을 읽었다. 그는 '보르헤스 이후 가장 많은 언어로 번역 출간된 아르헨티나 작가'로 불린다. 그 발제문에서, 아르헨티나로부터 한국까지 작가 교류를 위해 오랜 시간 비행해서

와야 하는 그는 여행과 문학의 상관관계에 대해 이야기하다 위대한 SF 작가 어슐러 르 귄이 쓴 『소설판 장바구니론(The Carrier Bag Theory of Fiction)』이라는 에세이를 언급했다. 르 귄은 엘리자베스 피셔가 쓴 「여자들의 창조(Women's Creation)」라는 글에서 '최초의 문화적 장치는 그릇이었으리라는 점'을 읽고 놀랐다고 말했다는 것이다. 피네이로는 이렇게 썼다.

> 우리가 수천 번씩 들었던 주류의 이야기가 모두 몽둥이, 창, 칼에 대한 것이었다면 이 말을 듣고 어떻게 놀라지 않을 수 있을까요? 우리는 작은 물건들을 담는 데 사용되는 어떤 용구의 역사가 인류 문화에서 중요한 자리를 차지할 수 있다는 것을 배운 적이 없습니다. 르 귄은 "문화를 찌르고 때리고 죽이는 길고 딱딱한 물체로부터 고안되고 발전된 것으로 설명하는 한 어떤 형태로도 거기에 참여하거나, 참여하고 싶다고 생각한 적이 없었다."라고 말합니다.

나는 바쁘게 움직이던 눈과 손을 잠시 멈추고, 안경을 벗어 노트북 옆에 내려놓은 뒤 방금 읽은 문장들에 대해 생각했다. 예상보다 깊이 빠져들었던 낮잠으로부터 갑자기 깨어난 사람처럼 정신이 먼 곳으로부터 천천히 돌아오는 듯했고 몸속으로 새로운 피가 퍼져나가는 것 같았다. 조금 이상했다. 위의 문장들을 몇 번 더 읽고 나서 한동안 가만히 앉아 있었다. 다시 안경을 쓰고 노트북을 두들겨 내가 해야 했던 일을 완수해서 이메일로 발송한 뒤, 이 문장들이 들어 있는 어슐러 르 귄의 강연과 에세이 모음집 『세상 끝에서 춤추다』를 찾아내 주문했다.

왜 아니겠는가? 르 귄은 내가 사랑하는 작가고, 아직 읽지 못한 채 집에 쌓여 있는 3,500권의 책 위에 한 권쯤 더 보태는 것은 일도 아니었으며, 나는 읽고 써야 할 원고가 첩첩이 밀려 있는 와중에도 그 글을 당장 꼭 읽어야만 한다는 느낌에 사로잡혔다. 마흔일곱 해를 살아오면서 내가 깨달은 게 있다면 이렇게 강렬한 느낌이 들 때면 다른 모든 것을 제쳐두고 그것을 우선해야 한다는 점이다.

나는 사막을 헤매던 사람이 정신없이 물을 마시듯 그 책을 읽었다. 특히 피녜이로가 인용한 『소설판 장바구니론』을 몇 번 읽었다. 르 귄은 말했다. 농업 발명 이전 인류는 오랜 기간 동안 대부분의 음식을 채집으로 구했다. 씨앗, 뿌리, 견과, 열매, 곡식을 모으고 벌레나 연체동물, 물고기로 단백질을 보충했다. 화려하고 극적인 매머드 사냥 같은 사건은 자주 있는 일이 아니었다. 그러나 생사가 오가는 액션이 있고 영웅이 탄생하는 매머드 사냥 이야기는 대부분의 채집 활동보다 '이야기'로써 훨씬 중요하게 강조되곤 했다. 덜 극적이지만 더 일상적이고 더 중요한 채집 활동에는 담을 곳이 필요했다. 아기에게도 가져다 먹이고 또 며칠 뒤까지 먹을 양만큼 운반하고 저장해두려면 뱃속과 양손 외에도 잎사귀, 바구니, 그릇 같은 게 동원되었을 것이다. 아기를 데리고 나와서 두 손으로 채집하려면 멜빵이나 자루 같은 것도 필요했을 테고.

> 아마 최초의 문화적 장치는 그릇이었으리라. (…) 많은 이론가들이 가장 이른 문화 발명품은 분명 채집물을 담을 용기와 멜빵 또는 그물 형태의 운반 수단이었으리라 생각한다.

르 귄은 『여자들의 창조』에서 이 글을 읽고 이것이 오래되었지만 새로운 이야기, 즉 뉴스라고 느낀다. 그렇지 않은가? 나 또한 학교에서 인류 역사의 구분법을 배울 때 구석기, 신석기, 청동기, 철기 등으로 시대의 순서를 외웠으며, 물론 빗살무늬토기에 대해서 배우기도 했지만 주로 돌도끼와 창과 칼의 부딪침에 대해 배웠고 그로부터 무기의 발전, 약탈과 전쟁, 힘의 대결을 연상해왔다. 비파형 동검과 세형동검의 차이를 배우고 더 발전한 금속 제련술을 가진 나라가 그렇지 못한 나라를 지배해왔다는 식으로 역사의 흐름을 파악했다. 르 귄은 인류의 문화가 그릇으로부터 비롯되었을 것이라는 피셔의 이론에 대해 "이 이론은 나를 한 번도 느껴보지 못한 방식으로 인간 문화에 끌어넣는다."라고 썼다.

내게도 마찬가지였다. 인류 문명이 태동할 때 그 중심에 창과 칼 대신 바구니와 그릇이 있었다는 인식은 내게 무엇보다도 큰 안도감을 주었다. 매일같이 잔학하고 파괴적인 뉴스들을 접하며 느끼게 되는 '인류란 첫 단추부터 잘못 꿰어진 존재일지도 모른다'라는 일종의 자기혐오감도 양상이 조금 달라졌다. 종교적 상징이 사람의 마음을 집중시키듯, 이 인류 태초의 바구니와 그릇 들을 상상하면 나의 정신세계가 지금까지와는 다른 방식으로 늘어서는 것만 같았다. 선사시대의 일들은 어차피 명확치 않은 증거들을 놓고 벌이는 가설과 이론의 영역이다. 나는 엘리자베스 피셔가 말하고 어슐러 르 귄과 클라우디아 피녜이로를 통해 나에게로 전해진 이른바 '인간 진화의 장바구니론'을 적극 지지하기로 했다.

가르는 언어와 담는 언어

아들 하나 딸 하나를 둔 나의 친구는 신기하다는 투로 이런 말을 했다. 남자아이를 키우다 보면 세상 모든 동물에 대해 '거북이랑 코알라 중에 누가 더 세?', '사자랑 기린이랑 싸우면 누가 이겨?'라는 질문을 하루 종일 입에 달고 사는 시기가 온다는 것이다. 그렇게 '가장 센' 존재를 1위로 뽑고 그 밑으로 순위를 매기며 생태계를 정렬해서 인식하고 '누가 더 세?'라는 질문을 통해 순위표를 수정하곤 한다고 했다. 그 말을 듣고 내게는 어린 시절 그리 중요하게 여겨본 기억이 없는 서열 본능이란 대체 무엇일까 하는 생각을 했다. 거북이랑 코알라가 꼭 싸워야 될까? 걔네는 서식지도 다르고 서로를 먹지도 않는데 적당한 거리를 두고 잘 지내면 되지 않나? 이런 질문과 서열 본능은 꼭 여성과 남성의 차이는 아닐지도 모른다. 세상에는 힘의 크기와 서열에 민감한 여성도 있고 그렇지 않은 남성도 있을 테니. 어쨌든 이것은 어떤 사람들이 세상을 파악해가는 하나의 렌즈일 것이다.

인터넷 쇼핑몰의 정렬 기능처럼, 때로 어떤 상상의 말, 어떤 비유는 세상을 바라보는 방식을 바꾸고 인식을 재배열한다. 수렵 채집 시대로부터 오랜 시간이 흘러 현대사회를 살아가는 나의 주된 도구는 창칼도 그릇도 아닌 언어다. 언젠가부터 '읽고 쓰고 듣고 말하는 사람'으로 스스로를 소개하는 나는, 언어라는 도구를 진지하게 다루며 살고 있다. 그릇이나 바구니로부터 문화가 비롯되었으리라는 이론은 내가 세상을 인지하는 데 큰 역할을 하는 도구인 언어를 바라보는 시각에도 영향을 미쳤다. 나는 학창시절 글쓰기 교육을 통해 '~한 것 같다'는 표현을 써서는 안 되며, '~하다'라고 분명히 써야만 옳다고 배웠다. 언어는 날카롭게 '벼리는' 것이고, 애매함은 죄악이었다. 언어는 'A'와 'not A'를 구분 짓는 선을 긋고, A를 정확히 가리켜 보이는 것이었다. 사전에서 '정의(定義)'라는 단어를 찾아보면 '어떤 말이나 사물의 뜻을 명백히 밝혀 규정함'이라고 나와 있다. 용례로는 '정의를 내리다'가 예시되어 있다. 정의는 인간이 사물의 뜻을 명백히 밝혀 규정을 '내리는' 것이다. 인간이 언어라는 예리한 칼끝으로 사물의 뜻을 내려다보며 선을 긋는 듯한 느낌이 들지 않는가? 의사가 진단이나 처방을 내리듯, 인간은 주체로서 메스와도 비슷한 언어라는 도구를 들고 세상이라는 대상에 분류(分類)를 내리는 것이다. 나눌 분(分) 자에는 칼 도(刀) 자가 들어간다. 이때 언어는 가른다.

그런데 이 글을 읽는 여러분은 잠시 자신의 손을 펴서

바라봐주기 바란다. 손가락과 손바닥은 비교적 쉽게 구분이 될 것이다. 손바닥에서부터 이어지는 곳에는 손목이라 지칭되는 부분이 있고 그것은 나아가 팔뚝으로 연결된다. 자, 손목은 정확히 어디까지인가? 앞서 말한 날카로운 칼의 시각으로 언어라는 도구를 사용하면 여러분은 자신의 손목 어디쯤에 인식의 칼금을 긋게 된다. 그런데 언어를 칼이 아니라 그릇이나 바구니라고 생각해보면 무언가가 달라진다. 언어는 가르는 게 아니라 담는 것이 된다. 채집인이 용기에 곡식이나 열매를 나누어 담는 것처럼, 이런 뜻은 이 바구니에, 저런 뜻은 저 바구니에 담아두면 들어 옮기기가 쉬워진다. 하지만 바구니에 담기지 않는 것들도 자연스럽게 생긴다. 바구니는 유용하지만 세상이 가진 신비와 창조력에 비해 한정적인 도구다. 바구니를 들고 무언가를 주워담는 인간은 세상을 내려다보며 칼끝으로 가른다고 여기는 인간보다 덜 오만할 것이다. 우리는 '손목'이라는 바구니와 '팔뚝'이라는 바구니를 사용하지만 두 바구니에 동시에 넣을 수 있거나 어느 바구니에도 쏙

들어가지 않는 애매한 부분이 생기기 마련이다.

지구에는 '밤'이라는 바구니에 들어가는 시간이 있고 '낮'이라는 바구니에 들어가는 시간이 있다. 그 사이는 칼로 자르듯 나뉘지 않는다. 우리는 '새벽'이라는 바구니와 '황혼'이라는 바구니를 사용해 조금 더 시간을 쪼개어 담으려 하지만 밤과 낮은 사실 리본처럼 스펙트럼으로 이어져 있어 이쪽저쪽 바구니에 동시에 담을 수 있거나 또는 어디에도 담을 수 없는 부분들이 생긴다. 자연이라는 거대한 현상 앞에서 우리가 든 이 언어라는 도구는 위력적이지도 전능하지도 않다.

룰루 밀러의 대단히 흥미로운 책 『물고기는 존재하지 않는다』는 내게 '분류하는 언어'로부터 '주워담는 언어'로 시각이 전환되는 이야기로 읽혔다. 현상은 분류를 위해 존재하지 않는다. 어떤 초월적인 존재의 뜻으로부터 발생하지도 않는다. 『물고기는 존재하지 않는다』는 물고기뿐만 아니라 작가가 스스로를 '나는 어떤 성향의 사람이야'로 분류하던 태도로부터 벗어나 그릇 밖으로 헤엄쳐 나아가는 이야기이기도 했다. 언어를 그릇으로 바라보면 그 그릇을 깨거나 비울 수도 있게 된다. 비유란 생각보다 깊은 곳까지 작용하는 문제다.

코로나19 팬데믹이 지구를 덮치기 전에 쓰인 율라 비스의 훌륭한 책 『면역에 관하여』에서 나는 다음과 같은 부분을 읽었다. 흔히 면역계의 용어에는 군사적인 은유가 속속들이 스며 있어 대중이 면역을 일종의 전쟁이라고 여기게 만든다는 것이다. 질병은 우리 몸의 침입자들이고 우리가 싸워야 할 적군이며, 몸은 어떤 세포들을 보병이나 장갑부대처럼 배치하고 이곳저곳에 지뢰를 써서 세균을 터뜨린다는 식이다. 그러나 면역계에는 전쟁의 양상만으로 표현할 수 없는 부분이 훨씬 더 크다. 다른 은유는 다른 상상을 형성하고 우리의 마음가짐을 재배열한다. 글의 마지막에서 작가는 우리의 몸을 다른 많은 미생물과 함께 균형을 이루어 살아가는 정원으로 바라볼 것을 제안한다. "그 정원은 경계가 없고, 잘 손질되지도 않았으며,

열매와 가시를 모두 맺는다." 이 은유를 통해 면역은 전쟁이 아니라 몸과 몸의 공유된 공간으로서, 우리가 함께 가꾸는 정원이 될 수 있다.

좋은 느낌을 붙드는 법

우리는 오랜 관습과 교육과 언어를 통해 세상을 바라보는 방식을 배운다. 언어에는 은유가 끊임없이 작용한다. 예를 들어, 이 나라와 저 나라를 구분 짓는 칼금으로써의 국경과, 이 나라의 특성과 저 나라의 특성을 담는 그릇으로써의 국경은 우리의 마음에 다르게 작용한다. 전자는 힘의 겨룸을 통해 팽팽히 맞서고 있는 불안한 선처럼 느껴진다. 후자는 나란히 놓은 바구니 사이에 틈이 있듯이 온전히 어느 한쪽에 담기지 않는 곳이 있을 거라고 상상하게 한다. 실제로 전 세계의 국경 지대는 분쟁도 많이 벌어지지만 양쪽 문화의 영향을 다 품고 있는 경우가 많다.

관습과 상식을 비집고 문득 우리에게 말을 걸어오는 것들에 주의를 기울여야 한다. 거기에는 분명 어떤 진실이 있다. 관습과 상식을 따르지 않기 때문에 그것의 첫 신호는 '느낌'으로 온다. 어느 정도 세상을 살아온 사람이라면 이 '느낌'은 인생에 쌓인 일종의 빅 데이터가 우리에게 무언가를 전하려는 낌새임을 알 것이다. 르 귄은 "여자가 살아온 경험을, 여자의 판단으로 쓰는 것보다 더 전복적인 행동은 없다."라고 말했다. 나는 이 글에서 말하고 쓰는 여성들을 언급했다. 김신영, 황선우, 이옥선, 클라우디아 피녜이로, 어슐러 르 귄, 엘리자베스 피셔, 룰루 밀러, 율라 비스. 또 사랑하고 존경하는 동료 여성 작가들인 김민철, 하미나, 홍인혜, 황선우와 함께 이 책을 만든다고 해서 기쁜 마음으로 참여했다.

이 지독히 혼란스러운 세상 속에서 좋은 느낌을 발견하고 심지어 유지하는 것은 무척이나 어려운 일이다. 남에게 좋은 느낌을 주려고 노력하기 이전에, 나 스스로가 아주 깊은 곳에서부터 세상을 좋은 느낌으로 인식하려면 주어진 관습의 체계로부터 벗어나 세상을 재배열해보려는 용기가 끊임없이 필요하다. 그러지 않으면 느낌마저도 빼앗기거나 휘둘리기 쉽다. 그래서 우리는 계속해서 말하고 써야 한다. 각자의 언어와 은유를 통해. 어슐러 르 귄의 책 『마음에 이는 물결』의 가장 마지막 장에 실린 시의 일부분으로 이 글을 마무리하고 싶다.

그녀의 일은
주전자와 바구니,
가방, 그릇, 상자, 큰 가방,
냄비, 병, 물병, 찬장, 벽장,
방, 집 안의 방, 문,
집 안의 방 안의 책상,

책상의 서랍과 작은 분류 칸,

몇 세대 동안

비밀 편지가 놓여 있는

비밀 칸.

그녀의 일은

편지,

비밀 편지.

몇 세대 동안 써지지 않은 편지.

그녀가 그 편지를 써야 한다

자꾸만, 자꾸만, 자꾸만.*

* 어슐러 K. 르 귄, 『마음에 이는 물결』, 김승욱 역, 현대문학, 2023.

하미나

K 선생님께 띄우는 편지

어머니 나라를 떠나

선생님, 잘 지내시나요? 미나예요.

아시다시피 저는 지난 3년간 한국을 벗어나 세계 이곳 저곳을 돌아다니며 지내고 있어요. 최근에서야 독일 베를린에서 한동안 정착해보자 마음을 먹고 비자를 신청했답니다. 참 이상하죠. 저는 한국에서 태어나 자랐고, 외국에서 사는 친척이 단 한 명도 없는데도 이곳 베를린이 집처럼 느껴진다는 것이요.

그건 베를린이라는 공간에 내재된 특수성이라기보다는 이곳에 모인 사람들 때문일 거예요. 각자의 모국에서 소속감을 느끼지 못하거나 모종의 이유로 떠나야만 했던 사람들을 이곳에서 많이 만났거든요. 전쟁 때문에, 부패한 정부 때문에, 마약 카르텔 때문에, 여성 혹은 성소수자를 향한 폭력 때문에 자신의 어머니 나라(motherland)를 떠나야 했던 사람들과 연결되면서 저는 이들과의 관계 안에서 집에 온 느낌을 받았어요.

특히 대만, 홍콩, 싱가포르, 베트남 등 동아시아에서 온 또래 여자들과 연결감을 크게 느껴요. 그것은 서구의 영향을 많이 받은 문화와 교육에 노출되어 자랐음에도 사회에 나가보니 여전히 가부장적이고 유교적인 환경에 불편함을 느끼고 더 자유로운 삶을 찾아 우리가 이곳에 모였기 때문이기도 할 것이고요(제 친구 성진은 베를린을 '동아시아 딸들의 피난처'라고 표현하기도 했어요). 전쟁과 식민지 시기를 겪은 국가의 후세대로서 무언가를 잃어버린 느낌을 공통적으로 받기 때문이기도 할 거예요. 더 나은 환경을 찾아 유럽으로 왔지만 이곳에서는 또다시 '아시아 여성'으로서 인종차별을 겪기 때문이기도 하겠죠.

한국에서 저는 여성으로서의 정체성을 크게 인식했지만 이곳에서는 동양인으로서의 정체성을 더 크게 느껴요. 위치한 곳에 따라 나를 이루는 정체성이 달라진다는 점이 참 재밌죠. '나는 누구인가?'라는 질문에 더 유연하게 답하게 되어 좋아요.

다시 위치시키기, re-locate

mislocate, dislocate, relocate. 세 개의 영어 단어를 생각해봐요.

'mislocate'는 mis-locate, 곧 잘못을 뜻하는 접두사 mis와 놓이다라는 뜻의 locate가 합쳐져 만들어진 단어예요. '잘못 놓이다, ...의 위치를 착각하다'라는 뜻이죠. 아마 방랑을 시작한 사람들이 자신이 처음 놓인 곳에서 느낀 감정에 가까울 거예요.

'dislocate'는 부정, 반대의 의미를 가진 접두사 dis와 locate가 합쳐져 '(뼈 등을) 탈구시키다'라는 뜻을 가지고 있어요. 덧붙여 '시스템이나 계획을 혼란에 빠뜨린다'라는 뜻도 있죠. 저는 후자의 뜻도 마음에 드는데, 방랑을 시작하는 이들이 모국의 환경에서 사회화되는 일에 어느 정도 실패한 사람들이기 때문이에요. '무언가 맞지 않아', '무언가 잘못됐어' 하고 질문하는 일은 사회화되지 못한 사람들이 주로 갖는 질문인데, dislocate가 가진 뜻은 이 혼란을 그런 '이상한 사람'만의 몫이 아니라 시스템의 몫으로도 두고 있는 듯해서 좋아요.

때로 우리는 더 크고 더 나은 질서를 만들기 위해 일시적인 혼란을 필요로 하죠. 사회화되지 않았다는 것은 한 사회를 살아가는 개인의 입장에서는 괴로운 일일 수도 있지만 창작을 하는 사람으로서는 크나큰 장점이잖아요. 기성세대에 동화되지 않고 새로운 것을 만들 가능성을 내포하고 있으니까요.

'relocate'는 다시 또는 반복을 뜻하는 접두사 re와 합쳐져 '이동하다, 이주하다'라는 뜻을 가져요. relocate는 상황에 대한 묘사일 뿐 어떤 가치 판단도 포함하고 있지 않아 좋아요. 스스로 움직인다는 점에서 훨씬 능동적이고요. 저는 많은 사람이 적극적으로 relocate해서 충분히 안전하고 집처럼 여겨지는 공간에서 편안하게 살았으면 좋겠어요. 그러려면 오랫동안 머물렀던 자리를 떠날 용기를 내야겠죠. 이러한 이동이 비단 국내에서 해외로의 이주만을 뜻하지 않는다는 건 선생님도 짐작하시겠죠. 오래된 관계일 수도 있고, 맞지 않는 직업이나 직장일 수도 있고요.

타지 생활의 좋은 점을 이야기했지만 당연히 외국인으로 사는 것은 녹록지가 않아요. 저는 독일어를 전혀 모른 채로 독일에 왔거든요. 베를린은 영어로만 소통해도 생활하는 데에 큰 지장은 없지만 그렇다고 해도 저는 언어적인 면에서 이중으로 소외된 입장이에요. 한국어가 모국어인, 한국어로 글을 쓰는 작가인데, 독일어가 공용어인 곳에서, 영어로 소통하면서 살고 있으니까요. 그런 기이한 상황 때문에, 또 제가 평소에 한국에 있는 사람들과 한국 사회에 대한 생각을 거의 언제나 하고 있다는 점 때문에, 베를린 전체가 저의 거대한 서재처럼 느껴집니다. 매우 고요한 서재에서 홀로 고립되어 있는 느낌이랄까요.

평소에는 잘 지내지만 가끔 한번씩 모든 것이 이상하고 어색하게 느껴질 때가 있어요. 언젠가 일요일 저녁에 독일인 친구와 중국 음식점에서 밥을 먹고 있었을 때 갑자기 이 현실이 이상하게 느껴졌어요. '내가 왜 베를린에 있지?' '내가 왜 영어로 말하고 있지?' '내가 왜 외국인이랑 이토록 가까운 거지?' 주변 풍경도 낯설게 보였죠. 이건 꿈인 걸까, 현실인 걸까 싶었고요. 영화 〈트루먼쇼〉에 나오는 트루먼이 된 것 같기도 했고요. 레고 블록으로 만들어진 가상 세계의 인물이 된 것처럼 현실감이 없었어요. 현실과 나를 이어주는 끈이 어디에도 없어 나를 이루는 윤곽선이 불투명해진 듯했어요. 우주 미아가 된 느낌.... 그 느낌은 그날 밤 잠자리에 누워서까지 계속됐죠.

'다음 날 눈을 뜨면 이 천장은 내가 자란 부모님 집의

천장일까, 서울 집일까, 베를린 집일까, 다합일까.'

'나는 영원한 시간 속에 갇혔다.'

'나는 정말로 존재하는 것일까?'

결국 잠에 들지 못하고 새벽에 거실로 나왔어요. 혹시 내가 미쳐가고 있는 것일까 하여 조현병 증상까지 검색해 봤답니다. 그러다 한국에서 가지고 온 한국어로 된 책을 읽기 시작했어요. 정확히는 두 명의 디아스포라 작가인 서경식과 다와다 요코가 함께 쓴『경계에서 춤추다』라는 책이었죠. 나와 비슷한 경험을 한 두 사람의 이야기, 한글로 쓰인 책을 읽자 마음이 곧바로 진정되더라고요. 저의 육체를 둘러싼 윤곽선이 다시 또렷해지고 선명해지는 기분이었어요. 언어라는 끈으로 현실에 안전하게 안착한 느낌이었죠. 한동안 책을 읽다가 편안하게 잠이 들었어요. 저에게 모국어란 마음에 간직한 고향, 집인가 봐요. 어디에도 내 집이 없다고 느껴질 때도 있지만 사실은 어디를 가도 내 집처럼 느껴지기도 해요. 제가 읽고 쓰는 한.

기억을 애도하기

이곳에서 지내면서 편안한 것 중에 또 다른 하나는 외모에 관심을 끄고 살 수 있다는 것이에요. 사람들이 겉모습에 크게 연연하지 않는 것 같아요. 타인을 대할 때 외양이나 직업, 소속, 학력 등보다는 사람 자체의 특성을 중시하는 경향이 있다고 느끼거든요. 미식 문화도 없고 패션 감각도 떨어지는 등 정교한 아름다움을 차근차근 구축하는 데에는 별 흥미가 없는 도시이지만 그렇기 때문에 아껴지는 에너지가 있어요. 매일 무엇을 입을지 고민하지 않아도 되고, 다이어트에 대한 압박을 받지 않고, 화장을 하지 않고 살아가니 그렇게 아껴지는 일상적 에너지를 읽거나 쓰는 데에 쓸 수 있어 좋습니다.

또 독일에 와서 신기했던 것 중에 하나는 이곳에서는 나체가 그 자체로 성적인 함의를 갖지 않는다는 것이었어요. 수영장 탈의실 등이 성별로 공간이 나뉘어져 있지 않아 모두 섞여서 옷을 갈아입고요. 사우나에서는 남녀 모두 나체로 입장해 찜질을 즐기기도 해요. 상상하면 어색할 것 같지만 나체 문화에 익숙하지 않은 사람도 데려다 놓으면 생각보다 빠르게 적응하고 타인의 몸에 무덤덤해져요. 막상 벗겨놓으면 다 같이 초라한 게 나체더라고요. 여성성과 남성성을 드러내는 옷이 없으면 몸은 성별의 차이보다 개개인의 차이가 더 크다는 것도 새롭게 알게 되었어요.

독일 사람들이 나체에 좀 더 익숙한 것은 '자유로운 몸의 문화'를 뜻하는, 100년의 역사를 가진 독일의 나체주의 운동 에프카카(FKK, Frei-körper-kultur)에 영향을 받은 것이라고 해요. 19세기 말 레벤스레폼 운동의 일환으로 시작된 FKK는 산업화와 도시화로 인해 자연과 멀어진 사람들이 사회적 지위와 관계없이 모두가 평등하게 벗은 몸으로 만나 자연 속에서 휴식을 취하자는 반권위주의 운동이었어요. 아무래도 벌거벗은 몸으로 자신의 사회적 지위를 뽐내기는 어려울 테니까요. 지금도 독일 전역에는 국가가 지정한 FKK 해변과 공원, 사우나 등이 많아요. 베를린의 테우펠스제(Teufelssee), 뮌헨의 페어링아제(Feringasee)가 대표적이죠.

쑥스럽지만 최근에 제가 다녀온 한 나체 축제 이야기를 들려드리고 싶어요. 현장에서도, 또 다녀오고 나서도요 근래 저를 가장 많이 가르친 경험이거든요. 평소 다니던 요가원에서 우연히 이 행사를 알게 되었는데요. 한 여자가 상의를 탈의한 채로 요가를 하는 수업을 진행하고 있더라고요. 그 여자가 어떤 사람인지 궁금해 인터넷으로 검색을 해보다가 나체주의와 관련한 파티와 축제를 이끌고 있다는 것을 알게 되었어요. 마침 축제에 참여할 사람을 모집하고 있었는데 순수한 호기심이 일어 혼자 가보기로 한 거였죠. 애인이나 친구와 함께 가면 오히려 오롯이 나로 존재하기 어려울 것 같았거든요. 축제는 아름다운 호숫가에서 열렸어요.

거기 가는 길까지, 또 입장하면서 얼마나 두근두근했는지 몰라요. 금요일 오후에 행사 장소에 참여자들이 모두 모이자 행사를 주최한 스태프는 우리에게 풀밭 위에 동그랗게 모여 앉아주기를 요청했어요. 그리고 이 행사를 만든 스태프를 소개하고, 앞으로 어떤 일정이 있는지, 또 어떤 규칙을 지켜주었으면 하는지를 설명해주었어요. 축제의 콘셉트가 나체와 차(tea)였던 만큼 우리는 2박 3일 동안 자주 차를 마실 예정이었고 일회용품을 사용하지 않기 위해서 사람들은 예쁜 찻잔에 자기 이름을 써서 맨몸에 목걸이처럼 걸고 다녔죠. 모든 음식이 비건식이었고요. 곳곳에서 각종 요가와 명상 워크숍, 댄스 파티가 열릴 예정이었어요.

선생님, 솔직히 말할게요. 사실 스태프들이 벅차 보이는 표정으로 감격에 차 이 행사를 열었을 때 저는 그들을 조롱하고 업신여기고 싶은 마음에 휩싸였어요. 그것은 타인의 벅찬 마음에 전혀 공감할 수 없을 때 갖게 되는 못된 심보일 수 있겠고요. 그들이 미리 형성한 소속감과 친밀함에 배제된 사람으로서 갖는 질투일 수도 있겠죠. 제가 언짢았던 또 다른 이유는 백인들의 유구한 '문화 전유(cultural appropriation)' 때문이었어요.

동그랗게 둘러앉은 사람들을 쭉 둘러보는데 아시아 여성은 저뿐이더라고요. 베를린은 이민 배경을 가진 인구가 전체의 30~40퍼센트는 된다고 하는데 이런 행사에 오면 백인이 압도적으로 많아요. 제 근처에 흑인 남성이 한 명 앉아 있었고요. 가장 유럽적인 곳, 너무나 백인 중심적인 이 공간에서 이들이 요가며 명상이며 나체 같은, 유럽인들이 우월감을 가지고 역사적으로 파괴하고 피해를 입혀온 아프리카와 아시아의 문화를 전유하면서 이토록 사치스럽고 아름다운 일상을 보내는 것에 분노가 치밀

었어요. 지금도 지구 어딘가에서 전쟁과 학살이 일어나고 있는데 어떻게 감히. 저 정말 웃기죠 선생님? 스스로 이곳에 와서 본인도 누리고 있으면서 속으로 이렇게 자주 분노해요. 근처에 있던 흑인 남자도 저만큼이나 긴장해 보였어요. 저는 소수인종으로서 다른 누구보다 그에게 훨씬 연결감을 느꼈죠.

행사를 시작하며 스태프들은 사람들에게 축제가 열리는 동안 공개된 곳에서, 그리고 숙소에서 성적인 행위를 하지 말아달라고 강조했어요. 벗은 몸이 너무나 오랫동안 과잉 성애화되었기 때문에 축제가 진행되는 동안 이 공간을 탈성애화(desexualized) 하는 것이 무척 중요하다고요.

간단한 말이었지만 이 말이 제게 미친 파장은 대단했어요. 그 얘기를 듣자 저의 몸이 아주 어렸을 때부터, 그러니까 초등학생의 몸일 때부터 타인에 의해 성적인 대상으로 여겨졌다는 사실을 깨달은 거예요. 제 안에서 오랫동안 잠자고 있던 나체와 관련한 수많은 기억이 깨어났어요. 초등학생 때 버디버디라는 메신저로 음란 메시지를 끊임없이 받았던 것, 놀이터에서 친구들과 내게 괜스레 말을 붙이고 주변을 얼쩡거리던 아저씨들, 중학생 때 교복을 입은 나에게 '아 가슴 크다' 하고 별안간 귓속말을 하고 지나갔던 길거리의 남자, 여학생을 향해 끊임없이 은밀하게 성폭력을 저지르던 선생님들.... 저는 제 안에 섹슈얼리티와 관련한, 벗은 몸과 관련한 아주 깊은 상처가 있음을 알아차렸어요. 저조차도 저의 나체를 중립적으로 생각해본 적이 없었던 것 같았죠.

선생님, 제가 한번은 섹슈얼리티만을 주제로 여자들과 글쓰기 수업을 한 적이 있어요. 젊은 여자들에게 섹슈얼리티에 대해 써보라고 하면 어떤 글이 나올 것 같으세요? 슬프게도, 거의 대부분의 여자가 폭력에 대한 이야기에서부터 시작해요. 관능이나 즐거움, 기쁨 등이 아니라요. 섹슈얼리티에 관해서라면 여자들이 안전하다고 느낀 경험이 거의 없어서 스스로에게 무엇을 원하는지도 모르는 경우가 대다수죠. 내가 원하는 것을 스스로에게 질문해본 적이 별로 없거든요. 위협으로부터 보호하고 감출

것으로 주로 여겨온 거죠.

그곳에 있는 참가자의 절반은 남성이었어요. 덩치 큰 남자들이 있는 곳에서 홀딱 벗고 있으니 몸이 계속 떨리더라고요. 벗은 몸으로 남자들 사이에 있을 때 안전하다고 느낀 적이 아기 때를 빼놓고는 없었으니 몸이 끊임없이 경계 신호를 보내는 것은 어찌 보면 당연하겠죠. 저는 축제 기간 동안 만난 사람들에게 정직하게 제 마음을 털어놓았고 그 덕분에 여러 생각과 감정을 통과하며 몸의 자유를 되찾고 싶은 사람들이 이곳에 모였다는 걸 알 수 있었어요. 처음에는 스태프들끼리 친한 것을 보고 질투심을 느끼며 속으로 비아냥댔지만 낯선 사람들과 서서히 대화해가면서 저도 점차 마음을 열었어요. 불편함과 어색함을 감수하며 마음을 열려고 노력하는 사람도 당연하지만 저뿐만이 아닌 것을 알게 됐죠. 알고 보면 사람 마음은 사실 다 비슷비슷하잖아요.

축하하고 만끽하기

선생님, 저는 금요일 오후부터 일요일 오후까지 48시간 동안 지속된 축제에서 만 하루를 우는 데에 시간을 보냈답니다. 속에서 올라오는 분노와 슬픔을 지켜보면서요. 어찌나 많이 울었던지 나중에는 내가 우는 것이 나의 슬픔 때문이 아니라는 생각마저 들었어요. 한국 여자들이 너무나 그리웠어요. 이곳에 데리고 와서 충분히 놀게 하고 싶었죠. 저는 어디를 가도 한국의 여성들과 영혼이 연결되어 있나 봐요.

유난히 기억에 남는 몇몇 순간이 있어요. 한번은 호숫가 옆에 작은 정자에서 조용히 차를 마시고 있었어요. 옆에는 스위스에서 온 부부가 앉아 있었죠. 둘이 잘 대화를 하다가 갑자기 여자가 울기 시작했어요. 남자는 조용히 다독였죠. 저는 벗은 몸과, 자신의 섹슈얼리티와 관련한 기억을 애도하는 사람이 나뿐만이 아니라는 걸 직감적으로 알아차렸어요. 그녀의 슬픔은 정자 안에 가만히 앉아 있던 제게도 옮아서 저도 같이 울었어요. 그러자 차를 따라주던 제 앞에 독일 여자도 울었어요. 우리는 아무 말도 없이 서로를 위해 울어주다가 자리에서 일어났답니다.

축제가 진행되는 곳곳에서 여자들이 그렇게 울더라고요. 하지만 혼자 울지는 않았고 언제나 주변 사람들이 곁을 지키고 있었답니다. 울고 나면 개운해지는 그런 눈물이었죠.

또 한번은 제가 주변 사람들과 '나는 대단히 보수적인

아시아 국가에서 왔고 그래서 이런 환경이 처음이라 많은 감정을 느끼고 있다'라는 이야기를 나누고 있었어요. 제 이야기를 들은 H가 나중에 뒤따라와 말을 걸더라고요. 저와 눈빛을 여러 번 교환했던 흑인 남성 H였어요. 그는 저에게 자신도 대단히 보수적인 국가 출신이라고 이야기했어요. 아프리카의 중부 지역에 위치한 나라에서 독일로 유학을 오게 되었는데 그 대학에 같은 국가 출신이 아무도 없대요. 본인 혼자라고 했죠.

제가 어떻게 이곳에 오게 됐느냐고 묻자 이전에도 같은 행사에 참여한 적이 있었는데 살면서 처음으로 크나큰 해방감을 느꼈대요. 자신의 모국에서는 섹슈얼리티 자체가 굉장히 금기시되어서 심지어 부부 사이에서 느끼는 성욕 역시 죄악시된다고 하더라고요. 제가 왜 그렇게 되었느냐고 묻자 한참 골똘히 생각하더니 이렇게 답했어요.

"우리나라 사람들은 대체로 영어식 이름을 가지고 있어요. 식민지 시기를 거치며 얻은 영어 이름을 그대로 쓰는 건데, 뿌리를 간직한 이름을 잃은 거죠. 타인에 의해 너무 많은 규칙을 강요당한 채로 살다 보면 어떻게 되냐면요. 자신 안의 주체성, 혹은 자율성을 잃게 돼요."

그는 오랫동안 성욕을 느끼고 섹슈얼리티에 호기심을 갖는 자신을 혐오하고 미워했대요. 우리는 서로 다른 방향이었지만 섹슈얼리티와 관련한 기억을 애도하고 자신의 몸과 화해하는 과정을 겪고 있다는 점은 분명 똑같았어요. 축제 곳곳에서 H와 마주칠 때마다 서로 안부를 묻곤 했죠. 잘 지내고 있어? 편안해? 괜찮아? 그는 사람들에게 마음을 열었다가 또 숨어들었다가 하며 저보다 더 강렬한 감정의 진폭을 겪는 듯했어요.

선생님, 그곳의 절반은 남성이라고 했잖아요. 저는 덩치가 크고 백인이고 나이도 많은 아저씨들에게도 왜 이곳에 왔느냐고 묻곤 했어요. 놀라운 건 그들도 안전한 환경이라고 느껴서 이곳에 왔다고 대답했다는 거예요. 아무것도 걸치지 않은 알몸으로 있는 순간에도 우리는 모두 한 명의 인간으로서 존중받고 싶어 하는구나, 그것은 나의 눈에 무섭고 위협적으로 보이는 사람도 마찬가지이구나. 그곳에 온 남자들을 보며 그렇게 느꼈어요. 모든 사람은 가장 연약한 순간에도 있는 그대로 존중받고 싶어 한다는 것을요. 약해 보이는 사람도 강해 보이는 사람도 모두 다요.

시간이 흘러 토요일 정오쯤 되자 마침내 이런 생각이 들었어요.

'다 울었다.'

이제 우는 건 그만하고 축제를 즐겨야겠다는 마음이 들더군요. 요가, 명상 등 신비롭고 이국적인 '동양' 문화를 가져와 풍요롭게 살아가는 백인 유러피언을 미워하는 것도 이만하면 됐다는 생각이었어요. 지구상에 상처 없는 곳은 없고 내 몸에는 행복한 기억도 많으니까요. 땀을 흘리고 몸을 움직이며 기쁨과 환희를 느끼던 순간들을 또렷하게 기억해요. 무엇보다 진지하고 머리 아픈 고민을 이어가기에는 햇빛이 너무나 아름다웠어요.

저는 호수로 뛰어들었어요. 맨몸 구석구석을 감싸는 물의 느낌이 몹시 관능적이었습니다. 호수에서 수영하며 두피를 적시고 얼굴을 반쯤 내놓은 채 호수 표면에 빛나는 윤슬을 오래 관찰했어요. 입가에, 코끝에 맴도는 민물 냄새가 상쾌했어요. 그렇게 충분히 놀다가 올라와 햇살 아래에 누워 몸을 말렸어요. 숲속에서 들리는 새소리가 오케스트라 같았어요. 사람들이 새처럼 재잘대는 소리도 들려왔고요. 더 이상 혼자라는 생각도 들지 않았어요. 미움도 질투도 외로움도 호수가 다 가져간 것만 같았어요. 너무나 편안하고, 너무나 자유로웠습니다.

선생님, 지난번 편지에서 저에게 삶을 만끽하며 지내달라고 말씀해주셔서 감사해요. 그 말이 제게 위로가, 또 용기가 되었어요. 오랫동안 저는 그러면 안 되는 줄 알았답니다.

이제는 조금씩 기쁨의 힘을 믿는 것 같아요. 행복해도 되는구나, 삶을 누려도 되는구나. 내 몸에 잔잔하게 퍼져가는 이 좋은 느낌을 믿고 따라가도 되겠구나, 하고요.

한국에는 이제 곧 산에 단풍이 물들겠죠? 선생님께서도 다가올 한국의 가을을 만끽하시길 바랄게요.

감사합니다.

2024년 늦여름

하미나 드림

홍인혜

나의 황제, 나의 군중, 나의 반역자

전세를 역전하다

전세 사기를 당했다. 집다운 집에 살아보겠다는 열망으로 가진 돈 전부를 털어 넣어 구한 전셋집의 주인이 천하의 파렴치한이었다. 부동산을 여러 채 굴리는 투기꾼이었는데 각종 송사에 얽혀 모든 집을 줄줄이 경매에 넘어가게 했다. 이 자에게서 돈을 받아 가야 할 억울한 사람이 대문 밖까지 줄을 이었다. 국가마저 그 줄에 합류했다.

집주인은 억대의 세금을 내지 않고 버텨온 고액체납자였기 때문이다.

집에는 압류장이 날아왔고 경매와 공매가 동시에 진행됐다. 모두가 쪼개 가려 혈안이 된 돈은 나의 전세 보증금이었다. 내가 십수 년 직장 생활을 하며 개미처럼 모은 돈이었다. 개미에게 돈을 빼앗는 것이 참 손쉬워 보였는지 사마귀 같은 임대인은 내 전 재산을 틀어쥐고 사태를 질질 끌며 요리조리 빠져나갈 궁리를 했다.

사태는 무려 3년간 이어졌다. 집주인은 항소를 하기도 하고 경매를 중단시켰다 재개시키기도 했다. 그사이 그가 체납한 세금은 가산세가 붙어 눈덩이처럼 불어나고 있었다. 내 피 같은 돈이 위태로웠다. 피 같기만 했는가. 살 같은 돈, 뼈 같은 돈, 골수 같은 돈이었다. 광고 회사에서 죽을 듯이 일해 죽어라 모은 돈이었다. 전세 사기 피해자로서 나는 법률 자문을 받고, 이따금 법원 경매계에 가고, 인터넷에서 비슷한 사례들을 수집하고, 경매 관련 유튜브를 보고, 불시에 집에 찾아드는 무시무시한 우편물들과 낯선 사람들을 감당했다. 그 모든 일을 꾸역꾸역 해나갔지만 결코 하고 싶어 하는 일이 아니었다. 불로 달군 철판 위에 세워진 사람처럼 억지로 추는 춤이었다.

아무 선택도 할 수 없었다. 사태가 시시각각 달라졌기에 사건 초기엔 하루 이틀 집을 비우는 것조차 두려웠다. 법원에서 중대한 우편물이 수시로 날아드는데 일인 가구로서 내 등기우편은 무조건 내가 받아야 했다. 이 암흑 같은 사태가 어찌 흘러가는지 겨우 파악할 수 있는 실낱같은 정보마저 놓칠 순 없었다. 내 몸은 철사 줄에 칭칭 감겨 집에 매여 있었다. 보증금이 묶여 있는지라 이사를 갈 수도 없었다. 일단 다른 집을 구할 돈도 없었지만 무엇보다 대항력 유지를 위해 집을 점거하고 있어야 했다. 중장기적 인생 플랜을 설계할 수도 없었다. 무슨 선택을 하려 해도 '평생 모은 돈 어찌될지 모르는데….'라는 비관적인 생각만 들었다. 좀 더 공부를 해볼까? 전 재산이 위태로운 지금은 불가능했다. 외국에 나가 살아볼까? 긴 여행조차 부담스러운 상황에 언감생심이었다. 프리랜서에 도전

해볼까? 삶에 불안정 요소를 더 늘릴 순 없었다. 나는 집이 아닌 덫에서 하루하루를 허비하고 있었다.

숱하게 스스로를 탓했다. 왜 이런 집을 택해서, 왜 독립을 해서, 왜 세상에 태어나서.... 값어치 없는 인생 역주행을 일삼으며 괴로워했다. 상상치도 못했던 해결책까지 떠올렸다. 누군가에게 기대어 이 불행을 해결할 수만 있다면 무릎걸음으로 기어가고 싶었다. 내 경제적 기반의 흔들림을 붙잡아줄 사람이라면 누구든 잡아 결혼해서 이 집에서 탈출하고 싶었다. 평생 한 번도 해보지 않았던 생각이었다.

이 모든 불행의 종결자는 뜻밖의 인물이었다. 가장 유약하고 소심하고 징징거리던 자가 판을 뒤엎었다. 그것은 나 자신이었다. 사건이 가장 극한으로 치달았을 때 스스로 이 모든 걸 끝낼 결심을 했다. 비장하게 말했으나 실은 손해를 감수하고라도 이 집을 낙찰받아 집주인과의 악연을 청산하겠다는 단순한 계획이었다. 부동산 문외한이었지만 열심히 경매를 공부하고, 권리 분석을 하고, 공매

과정에 참여해 집을 손에 넣었다. 문제가 많은 집이었기에 이 과정에서 상당한 금전적 손실이 있었으나 아무튼 나는 작은 집 한 채의 주인이 되었다.

정의는 승리하지 못했지만 정신은 승리했다. 무너지기 직전의 멘털이 기적같이 부활했다. 아찔한 해방감과 고양감이 밀어닥쳤다. 전능한 감각이었다. 이제 난 좀처럼 연락이 되지 않는 집주인에게 숱하게 전화를 걸고, 별일 아니니 안달복달하지 말라는 시큰둥한 목소리에 상처받지 않아도 되는 사람이었다. 집에 몸이 매이고 사람에게 돈이 묶여 아무런 인생 설계도 못하는 운명에서 벗어났다. 누구든 잡아 결혼하기만 하면 이 일이 해결되리라는 기복 신앙적 믿음도 단박에 폐기했다. 그저 자유로웠다. 갑자기 회사를 그만둘 수도 있고, 난데없는 분야에 뛰어들 수도 있고, 먼 지역으로 훌쩍 떠나버릴 수도 있는 가능성이 생겼다. 사기 피해자로서 법원만 드나들던 나에게 수만 갈래 길이 펼쳐진 것이다.

그 느낌이 정말로, 정말로 좋았다. 인간의 '좋음'을 수

치화해서 순위를 매긴다면 내 인생 최고의 열락이었다. 그 좋은 느낌의 근원에는 내 삶의 키를 드디어 내가 틀어쥐었다는 주체적인 감각이 있었다. 누구도 해결해주지 않는 일을 스스로 돌파해 삶의 주권을 되찾아왔다는 감각. 모럴 해저드 집주인이나 지엄한 법의 처분에 인생을 맡길 필요가 없다는 독자력. 어떤 선택이든 할 수 있다는 희열.

마침내 나만이 나를 통솔하고 지휘하고 거역하고 배반할 수 있었다. 내 사적인 우주의 황제는 나였다.

회사를 졸업하다

2004년 광고 회사에 입사해 꾸준히 일해왔다. 전세 사기에 시달리는 와중에도 직업은 놓지 않았다. 실은 놓을 수가 없었다. 경제적인 위기감이 경제 인구로서의 처절한 발버둥으로 이어졌다. 뱉을 수도 없이 억지로 먹어야 하는 나이처럼 그사이 경력은 차곡차곡 쌓여 어느덧 국장이 되었다. 국가적인 장례나 국가 장학금, 국내 주식시장이 아닌 '기관이나 조직에서 한 국(局)을 맡아 다스리는 직위'인 국장 말이다. 얄궂은 타이틀이었다. 국은커녕 팀도 셀 도 없는 내가 국장이라니. 왕국 없는 왕, 배 없는 선장 같은 이름이었다.

물론 그 호칭이 머쓱했을 뿐, 거느릴 사람이 없는 것은 대만족이었다. 평범한 카피라이터로서 슬로건을 쓰고 바디 카피를 정리하고 광고음악을 작사하는 삶이 흡족했다. 하지만 회사는 만족하지 않았다. 사회생활을 해본 이들은 공감하겠지만 회사라는 조직은 개인의 사회 나이테가 어느 정도 두둑해지면 리더로서의 소임을 부여하려 한다. 너도 주최 측에 그만 반항하고 슬슬 주최 측이 되라는 은근하고도 강력한 압박. 나에게도 같은 이야기가 들려왔다. '15년 차나 됐으면 평 카피라이터에서 벗어나 팀장에 도전해야 하지 않겠어?'

오랫동안 생각해온 나만의 명제가 있다. 팀원과 팀장은 일견 같은 일을 하는 사람을 연차별로 나눈 것 같지만 이 둘은 엄연히 다른 직종이라는 것이다. 평 카피라이터와

크리에이티브 디렉터, 즉 광고 회사의 CD는 하는 일이 판이하게 다르다. 팀원은 실무를 하고, 리더의 지시에 고분고분 따르고, 이따금 툴툴대는 역할을 하지만, 팀장은 큰 틀을 짜고, 과감하게 진두지휘하고, 툴툴거리는 팀원들을 어르고 달래야 한다. 나는 '장'으로서의 내 역량에 자신이 없었다. 리더가 되면 내 신중함은 답답함이 되고, 내 꼼꼼함은 깐깐함이 되고, 직관으로 일하는 내 스타일은 스케줄링도 꼼꼼히 못하는 무능함이 될 것 같았다. 무엇보다 누구도 마주치지 않고 골방에서 공상하고 디테일이나 후벼 파는 것을 좋아하는 내가, 사방을 돌며 여러 사람을 통솔하고 리더십을 발휘하자니 영 성미에 맞지 않았다.

여기까지 생각이 미치면 부끄러워졌다. 누군들 적성이라 하나? 팀장이 되고 싶어 안달 나서 하나? 먹고살기 위해 하고, 해야 하니까 하는 거지. '팀장은 내 성정과 맞지 않다'라고 징징거리는 것이 어른으로서 못난 태도 같았다. 철없는 응석 같았다. 그리고 사실 CD 자리는 원한다고 다 가질 수 있는 것도 아니었다. 과감히 도전해서 따

내야 하는 저 높은 가지의 과실이었다. 하지만 내가 그 '도전'을 하기가 싫다는데. 저 과일이 도무지 입에 안 맞다는데.

내가 고개를 짤짤 흔들며 회피 스킬을 발휘하는 와중에 나보다 연차가 낮은 후배들이 과감하게 그 자리에 도전해 팀장이 되기 시작했다. 덕분에 나의 위치는 더 애매해졌다. 나이를 초월한 수평적 조직을 위해 직급을 없애고 영어 이름을 불러도 장유유서, 연차가 깡패라는 인식은 없어지지 않는 K-컬처다. 그 진득한 문화유산 속에서, 연차 지긋한 홍인혜 국장은 본인보다 연차가 낮은 팀장을 모시며 버텨낼 수 있을까? 솔직히 평생을 굽실거리며 살아왔기에 나야 너끈히 버틸 수 있지만, 다른 사람들이 그 꼴을 편하게 볼 수 있을까? 연차를 더 먹으면 과연 나를 받아줄 팀이 있을까? 또다시 덫에 걸린 기분이 들었다. 노래하고 싶지 않은데 전주가 깔리고 있었다. 모든 사람이 내 손에 쥔 마이크와 내 입술만 쳐다보고 있었다. 이게 뭐람? 내 전능한 감각은 어디로 사라졌지? 내 인생의 주인이 된 짜릿함은 언제 휘발됐지?

그때 퇴사를 생각했다. 이토록 쓰기 싫은 감투라면 내 정수리를 존중해줘야 할 것 같았다. 일평생 또박또박 졸업하고 또박또박 취업해 여기까지 왔다. 또박또박 승진할 필요까지 있나? 한 번만 엇박자로 움직여보면 어떨까? 회사를 뛰쳐나가보면 어떨까? 그래서 노래방 기계로 뚜벅뚜벅 걸어가서 정지 버튼을 눌렀다. 귓전을 울리던 전주가 뚝 멈췄다.

내가 선언한 것은 '졸사'였다. 스스로 명명한 나의 탈주였다. 당시 '졸혼'이라는 개념에 대해 알게 되고 그 과감하고 분연한 선포에 무릎을 쳤던 것이다. 왜 꼭 결혼의 엔딩이 이혼이어야 하나? 결혼생활을 충분히 했다는 상호 판단하에 혼인 상태에서 졸업할 수도 있는 것 아닌가? 같은 견지에서 내가 회사를 떠나는 것을 '졸사'라고 규정했다. 나의 퇴사는 과업을 마치지 못해 스스로 퇴진하거나 퇴출당하는 것이 아니며, 이 일을 할 만큼 해서 졸업하는 거라고 생각했다.

정신 승리에 입각한 나의 주입식 선언 덕분인지 15년간 이어져온 직장 생활의 마지막 퇴근길에 가까운 벗이 꽃다발과 학사모를 들고 나를 기다리고 있었다. 품에 안기 벅찰 정도의 큼직한 꽃다발과 대학 졸업 이후 처음으로 써보는 학사모를 쓰고 나는 졸사했다. 이렇게 되뇌면서. 이제 나는 아무것도 아닌 사람이다. 팀원도, 팀장도, 국장도, 조직원도 아니며 소속도 없고 의무도 없는 사람이다. 적이 없는 사람이다.

그 감각은 벅찼다. 벅차게 불안했고 벅차게 막막했다. 하지만 그 밑바닥엔 내 삶의 주권을 다시금 감아쥐었다는 황홀한 느낌이 있었다. 자아가 생긴 이래 일평생을 알람에 일어나는 사람이었는데 이젠 일어나고 싶을 때 일어날 수 있었다. 이번 주말에 내가 쉴 수 있을지 없을지 꽃잎 점을 보듯 매일 가늠하지 않아도 됐다. 비행기 티켓을 사놓고도 경쟁 PT에 치여 캔슬해야 하는 삶도 안녕이었다. 전세 사기를 해결하기 위해 스스로 집을 매수했을 때와 비슷한 느낌이었다. 남의 박자에 춤추지 않아도 된다는 기쁨, 세상이 정해둔 반주에 억지로 노래하지 않아도 된다는 만족감. 흥해도 내가 흥하고, 망해도 내가 망하니 뭐 괜찮을 것 같다는 낙관.

나는 그렇게 회사를 떠나 적이 없는 사람이 되었다. 무적의 마음이 되었다.

왕국을 재건하다

무적의 사람에게 인생의 숙적이 나타났다. 그것은 세계인의 일상을 괴멸시켰던 팬데믹이었다. 퇴사하자마자 코로나19 상황이 벌어졌고 생계를 위해 짜두었던 모든 계획이 무너졌다. 경제 인구로서의 자존심에 금이 간 상태에서 집 밖에도 나갈 수 없는 시간이 이어졌다. 평생을 조직의 규율 아래 살았던 사람이라 무한정의 자율 앞에 삶의 리듬마저 무너졌다. 생활 패턴은 엉망진창이 되었고 심신 모두 건강을 잃어갔다.

그럼에도 버텨냈다. 인생을 흔든 일련의 사건들을 통해 악조건 속에서도 어떻게든 살아남는 법을 체득했기 때문이다. 나는 적응했고 진화했다. 마침내 코로나19도 끝을 보였고 나도 프리랜서로서 잔뼈까진 아니고 잔가시 정도는 갖게 되었다. 그렇게 3년이 지난 뒤 문득 살던 집을 떠나고 싶다는 생각을 했다. 전세 사기로 시달렸던 세월이 3년 남짓, 스스로 집을 되찾아와 나만의 왕국으로 꾸려온 세월이 3년 남짓이었다. 이제 좋은 기억이 나쁜 기억을 덮었으니 이 집과 작별해도 될 것 같았다.

그 길로 부동산에 집을 내놓았고 우여곡절 끝에 내 조그만 빌라를 매도할 수 있었다. 다음 스텝은 당연히 이사갈 집을 찾는 것이었는데 극도의 무기력감이 찾아왔다. 진득한 사연으로 엉킨 집을 정리하고 수년간 잃어버릴까 가슴 졸였던 그놈의 돈을 되찾고 나니 기진했다. 다시는 전세살이를 하고 싶지 않았기에 집을 매수할 계획이었는데 이 인생을 건 중차대한 구매를 할 마음의 힘이 없었다. 부동산이라는 것 자체가 징그러웠다.

별수 없이 부모님 품으로 기어들어갔다. 잠깐이라도 영혼을 쉬어야 다음 단계로 넘어갈 수 있을 것 같았다. 십년간 속세를 떠돌다 탈진해 돌아온 늙은 캥거루를 위해 엄마 아빠는 기꺼이 배주머니를 열어주셨다. 되돌아간 그 품은 따듯하고 평온했다. 독립한 이래 혼자 꿋꿋이 살아왔으나 아무래도 기왕의 인생에는 임시적인 느낌이 있었다. 최저가 가구로 얼기설기 꾸린 집, 잘 모르고 사서 실패템으로 버무린 주방, 일천한 가사력으로 서툴게 꾸려온 살림. 하지만 노부부가 오랜 세월 진득하게 일군 가정에는 차원이 다른 안락함이 있었다. 자취생의 오막살이엔 없던 욕조도 있고, 식물이 쑥쑥 크는 베란다도 있고, 이불이 돌아가는 큼직한 세탁기도 있었다.

게다가 가사 인구만 나를 포함해 셋이었다. 여기는 냉장고에서 한때 식자재였던 것이 푹푹 썩어가는 집이 아니라, 끼니마다 40년 경력 요리사가 짓는 집밥이 나오는 곳이었다. 여기는 내가 손을 놓으면 아수라장이 되던 집이 아니라, 누군가 알아서 청소기를 돌리는 곳이었다. 극락인가? 처음 몇 달은 삶의 질이 수직 상승했다는 생각에 기뻤다. 십여 년 전 최초로 독립을 선언했을 때 부모님의 발언은 '이 좋은 집 놔두고 뭐하러 나가 사냐'였는데 돌아온 탕자는 읊조렸다. 그러게요, 소자가 어리석었습니다.

하지만 그 만족감의 유효기간은 길지 않았다. 인간은 불행에도 적응하지만 만족에도 적응하는지 오래지 않아 복에 겨운 투정이 튀어나왔다. 아무리 편안해도, 아무리 안락해도 결국 여기는 내 집이 아니구나. 가스레인지 후드가 찐득하고 수전에 물 얼룩이 가득할지언정 내 손으로 일군 주방이 아니구나. 조미료 진열 순서나 옷장 정리 방식, 쿠션을 고르는 취향마저 나와 판이했다. 언제나 거실에서 들려오는 소리는 내가 보지 않는 채널의 뉴스나, 내가 관심 없는 예능 프로그램의 소음이었다. 당연하게도 그곳은 부모님의 왕국이었다.

덕분에 늘 내 방에만 박혀 있었다. 독립해서 스스로

장만한 살림은 전부 보관 이사 창고로 들어가 있었기에 그 방은 학생 때 쓰던 못난이 책상과 동생이 결혼하며 버리고 간 낡은 침대로 대충 꾸며진 상태였다. 하지만 오직 그곳만이 내 세력권이었다. 작은 책상은 두 대의 컴퓨터와 스캐너, 잔짐들로 꽉 차 있었기에 뭘 하기도 어려웠다. 나는 허리께가 꺼진 매트리스에 누워 폰만 들여다봤다. 이미 본 영상을 보고 또 보고, 별 새로울 것도 없는 가십을 훑고 또 훑었다. 책도 눈에 들어오지 않았고 창작욕도 시들했다. 나의 낭만이 빈사 상태였다.

그러던 어느 날 아빠의 건강에 문제가 생겼다. 몇 달째 이어진 이유 없는 컨디션 난조가 수상쩍어 시켜드린 건강검진에서 병마가 발견됐다. 아빠를 병원으로 모시고 복약을 챙기기 시작했다. 부모님과 함께 사는 미혼 자녀는 간병인으로서 최적의 조건이라는 사실을 깨달았다. 그리고 나는 결코 그 역할을 저버릴 수 없다는 사실도. 아빠가 낫지 않으면 어떡하지? 매일 이어지는 불안과 걱정에 가슴이 무너졌고 동시에 그를 들키지 않아야 한다는 의무감에 시달렸다.

또다시 덫에 걸린 기분이 들었다. 언젠가 떠날 생각으로 임시로 들어온 집이었는데 환자를 두고 이대로 떠날 순 없었다. 아빠의 케어를 엄마에게만 떠넘길 순 없었다. 최소한 아빠가 나을 때까진 여기 있어야 했다. 그렇다면 대체 언제까지? 사실은 영원히 이 집에 주저앉혀진 것은 아닐까? 이런 생각이 들면 죄책감이 낫을 들고 돌격했다. 지금 사랑하는 가족이 아픈데, 그걸 덫이라고 생각하는 거야? 제 살 길만 찾으려는 거야?

내가 나를 쥐어뜯고 할퀴며 괴로워하는 동안 아빠는 두 곳의 종합병원, 두 곳의 1차 병원, 한 곳의 한의원을 학교처럼 다닌 끝에 9개월 만에 기적같이 건강을 회복했다. 내 연약한 정신 줄이 끊어지기 직전 찾아온 기쁜 소식이었다.

그때 벼락같이 생각했다. 지금이 내가 다시 이 집을 나설 절호의 타이밍이구나. 이때를 놓치면 영영 떠날 수 없겠구나. 병원에서 완치 판정을 내리고 아빠가 매일 한

주먹씩 먹던 약에서 벗어난 순간 나는 불꽃 임장을 시작했고 마침내 새집을 구했다. 적당히 작고 적당히 낡았으나, 전망만은 그럴듯한 집을 매수해서 취향껏 고쳤고, 창고의 짐을 되찾아 이사했다. 생각보다 훨씬 길어졌던 본가살이를 드디어 끝낸 것이다. 지금은 이사한 지 한 달 남짓 지났고 이 글도 그 집에서 쓰고 있다. 문장 한 개를 쓰고 창밖을 둘러보고, 한 개를 쓰고 집안을 둘러보며. 사방이 뿌듯하기 때문이다. 봐도봐도 질리지 않기 때문이다.

나는 오늘의 삶이 행복하다. 내 힘으로 꾸며진 이 공간, 소금 한 톨까지 내가 장악하는 이 우주가 소중하다. 부모님이 구축한 공간은 편안했으나 내 것이 아니었다. 나는 가족을 사랑하고 그들의 안녕을 위해서 많은 것을 감당할 수 있었으나, 그것은 견디는 일이었지 즐길거리는 아니었다. 하지만 지금 나의 거처는 오직 좋음으로 가득하다. 창문만 열어도 재밌고, 화분에 물을 줘도 신나고, 청소기를 돌려도 흥겹다. 이 영토는 내가 마련했기 때문이다. 순전히 내 힘과 내 의지로. 나는 삶의 진득한 의무감과 잠자리를 뒤숭숭하게 하는 죄책감에서 놓여나 나를 다시 움켜쥐었다. 이 좋은 느낌, 이 황홀한 느낌, 이 완벽한 느낌.

스스로를 장악하다

좋은 느낌에 대해 생각하자면 자연스레 싫은 느낌을 떠올리게 된다. 나는 어떨 때 삶이 싫을까? 그것은 주체성을 잃었을 때였다. 전세 사기에 시달리며 경제권을 잃고, 이주권을 잃고, 삶의 결정권을 잃었을 때가 싫었다. 사회생활을 하며 원하지 않는 직위에 도전해야 한다는 압박을 받을 때, 등 떠밀리듯 원치 않는 자리로 가야 할 때가 싫었다. 가족과 살며 누군가를 책임져야 한다는 의무감에 짓눌릴 때, 그를 의무로 생각한다는 죄책감에 시달릴 때가 싫었다. 나라는 배의 방향을 결정할 키를 내가 잡지 못했을 때가 늘 싫었다.

이 경험들로 깨달았다. 나는 내가 온전히 나일 때를 가장 좋아했다. 누군가에게 기대지 않고, 누군가에게 떠밀리지 않고, 누군가에게 매여 있지 않을 때 행복해했다. 다소 불안해할지언정 꼿꼿이 허리를 펴고 이리저리 휘청거릴지언정 내 발로 걸어나갈 때가 만족스럽다. 인생의 곡절을 통해 나의 좋음을 명확히 깨달았기에 남은 평생 그를 추구할 것이다. 내 세계의 황제도 나요, 군중도 나요, 반역자도 나인 이 좋은 느낌을.

황선우

그럼에도 불구하고 즐거운

100살

"난 100살까지는 살고 싶어."

얼마 전 만난 친구 B가 말했다. 나는 답했다.

"야, 무슨 불로초 찾는 진시황 같은 소리냐."

우리는 2001년에 회사 입사 동기로 만나서 23년째 알고 지낸다. 언제 만났는지 정확히 기억하는 건 그 회사 면접을 본 날이 하필 9월 11일이었기 때문이다. 면접자 대기실인 신문사 회의실의 TV 모니터에서는 뉴욕 세계 무역 센터가 연기에 휩싸였다가 무너지는 광경이 나오고 있었다. 그날 면접에서도 9.11 테러와 관련된 질문이 있었는데 그럴싸하게 답하지는 못한 기억이 난다. 정석대로 매끄럽게 대답하기에는 실시간으로 벌어지고 있는 거대한 참혹의 충격이 너무 컸다. 어쨌거나 입사 시험에는 합격했다. 마흔 살에 뭘 하고 있을 것 같냐는 질문에, 지금 입사 시험을 보고 있는 이 회사에서 편집장이 되어 잡지를 이끌 거라는 말 대신에 작은 샌드위치 가게를 열고 싶다고 말한 나의 답변을 당시 면접관들이 마음에 들어 했기 때문이라고 두고두고 놀림을 받았다. 21세기 초의 잡지사에는 좀 야망 없고 웃긴 애들을 선호하는 분위기가 있었다.

23년 동안 친구로 남아 있는 사이라면 우연히 운이 좋아서 그렇게 되었다기보다 서로가 그 우정의 중력이 미치는 궤도 안에 머무르려고 어느 정도 노력했다고 봐도 좋다. 야망 없고 웃긴 애들이었다는 공통점이 있는 B와 나는 둘 다 마흔이 되기 전에 그 회사를 그만두었고, 당연히 편집장도 되지 못했다. 그동안의 시간이 쌓이고 서로를 봐온 역사가 누적되어 우리는 세상의 이상하거나 무섭거나 슬픈 일들에 대해 큰 이견 없이 대화를 나누는 편이다. 이를테면 123살까지 살겠다고 123층짜리 건물을 세웠다는 어느 기업 회장의 탐욕에 대해. 처음 등장했을 때 멋진 신기술 같던 온라인 메신저가 끔찍한 딥페이크 성범죄에 활용되는 현실에 대해. 세계 곳곳에서 멈추지 않고 이어지는 전쟁, 역사 왜곡과 가짜 뉴스와 기후 위기, 한때 함께 일했던 사람들의 몰락이나 죽음에 대해. 걔나 나나 50년 가까이 살면서 다양한 방식으로 휘청이고 무너지는 세상을 경험하고 또 목격해왔다. 그런데 100살까지나 살겠다니?

"그러니까 말이야, 나는 오래 살아서 이런저런 꼴을 다 내 눈으로 똑똑히 봐야겠다구."

B가 더 낙관적인 태도를 갖고 있긴 하지만, 여생에 대한 우리의 전망은 크게 다르지 않은 것 같다. 동아시아 여성들의 평균수명 데이터를 볼 때 우리 세대는 딱히 욕심을 부리지 않더라도 큰 이변이 없다면 100살까지 살 가능

성이 높긴 하다. 다만 그것을 적극적으로 원하는 사람과 그리 반기지 않은 사람의 차이가 있겠다. 나는 혹시 100살까지나 살게 되면 얼마나 더 이상하고 무서운 세상의 변화를 겪어야 할지 두렵고 걱정스러워서 80살 정도면 충분할 것 같다고 여기는 쪽이다. 막상 여든 살까지 살고 나면 떠나기 아쉬우려나...? 그렇다면 90살 정도로 타협해도 괜찮을 것 같기도...? B는 덧붙인다.

"100살까지 산다고 생각하면 벌써 절반이나 온 거잖아. 그런데 지나온 50 해를 돌아보면 삶의 어떤 시기에는 뭘 하면서 보냈는지 잘 기억이 안 나. 코로나 때를 떠올려 보면 특히 그렇지. 이게 그해 일인지 그 다음 해 일인지 영 가물가물 흐릿한 것들이 많아. 앞으로의 50년은 그렇게 살다 가고 싶지는 않다는 생각을 하고 있어."

B 덕분에 자꾸만 나의 남은 시간도 가늠해보는 버릇이 생겼다. 100살까지는 안 살아도 괜찮다 작정하면 인생이 이제 절반도 남지 않았다. 수명이 우리 뜻대로 되지는 않을 것이다. 불로장생을 꿈꾸던 진시황은 49세에 죽었다.

임플란트

절반도 남지 않았다는 것을 갑자기 깨달아버린 여생 중 2024년은 선명하게 기억될 전망이다. 기상 관측 역사상 가장 여러 밤의 열대야가 기록된 해이기도 한 올여름, 나는 꼬박 3개월에 걸쳐 신체의 일부를 금속 장치로 대체하는 과정에 있다. 이렇게 써놓으면 사이보그라도 되어가는 것 같은데 실은 흔한 임플란트 시술을 받는 중이다. 젊음을, 특히 젊은 신체의 흠 없는 아름다움을 숭배하는 이 사회에서 임플란트 얘기를 먼저 언급하는 일은 아무래도 스스로의 육체에 낡았다는 낙인을 찍어 불리하게 작용하는 일 같다. 하지만 유리해봤자 또 어디에서 무엇을 얻을 거란 말인가. 나는 임플란트라는 세계에 대해 침묵함으로써 세 살 정도 어리게-그러니까 40대 중반 정도로 오인받을 수도 있는 커다란 혜택을 포기하는 대신에 이 신기하고 귀찮은 경험에 대해 토로하기로 한다.

내 또래 여성들은 성장하면서 처음 생리를 시작할 때, 그 불편함과 아픔의 증상들을 공유하거나 이해받기보다 혼자 말끔히 처리하고 얼마나 시치미를 잘 떼느냐에 따라 교양과 매너, '여자다움'을 평가받았다. 임신 기간의 불편이나 출산 과정의 적나라한 고통에 대해서도 말을 아낀다. 30년 넘게 이어온 생리의 끝이 곧 닥칠 시점까지도 그러고 싶지는 않다. 여자들은 다이어트 말고 진짜 몸 이야기를 더 많이 공유할 필요가 있다.

노화는 돈만큼이나 상대적인 개념 같다. 다방면에서

다발적으로 진행되기에 겪는 시기와 속도가 모두 다르며, 이 정도면 괜찮다고 느끼는 감각의 기준에 개인마다 차이가 난다는 점에서. 누군가는 내가 첫 임플란트를 진행 중이라는 이야기를 하면 깜짝 놀라는 반응을 보인다. 그에게 마흔일곱은 이를 갈아 끼우기에 너무 이른 나이다. 또 다른 이는 내가 작년부터 노안이 심해져서 누진다초점 렌즈 안경을 맞췄다고 하면 질투가 난다고 한다. 글 쓰는 사람이 왜 이제야 노안이 왔냐는 것이다. 낸들 아나.... 흰머리는 아직 듬성듬성 눈에 띄어서 염색할 정도까진 아닌 반면 청력이 또래보다 매우 떨어져서 이어폰보다 스피커를 사용할 것을 권고받았다. 먼 훗날의 일이지만 보청기에 의지하는 일을 피할 수는 없을 거라고 한다. 조밀해지는 눈가 주름이나 어두워지는 눈밑의 그늘은 그리 마음 아픈 변화는 아니다.

전두엽의 처리 속도가 점점 늦어지는 상황이야말로 자존심 상한다. 안드레이 타르코프스키, 크쥐시토프 키에슬롭스키, 아키 카우리스마키 같은 영화감독들의 복잡

한 이름을 버퍼링 없이 언급하던 나의 총명 시대는 아핏차퐁 위라세타쿤과 루카 구아다니노 정도의 시대를 마지막으로 종결되었다. 이제 치마만다 응고지 아디치에라든가 스베틀라나 알렉시예비치 같은 작가 이름을 언급할라 치면 한두 글자를 머릿속에 떠올린 뒤에 마음의 눈으로 한참 노려봐야 한다. '치마...', '페미니스트!', '아프리카계!', '알렉...', '전쟁!', '우크라이나!' 친구들과 같이 있을 때라면 누군가 맞출 때까지 서로 스무고개 퀴즈를 내어가면서.

"아프지는 않지만 이상한 느낌이 있을 수 있어요."

"으... 에...." 입을 벌리고 있느라 괴이한 소리로 답한다.

"아픈 건 아니에요. 힘 빼세요."

치과 진료실 의자에, 앉는 것도 눕는 것도 아닌 무기력한 각도로 고정되어 있을 때 나는 환자라기보다는 처치해야 할 치아의 거치대에 가깝다. 오늘은 발치하고 턱뼈가 자라는 동안 비어 있는 잇몸에 심어두었던 펄프 심지를 금속 나사로 교체하는 작업을 하는 중이다. 간호조무사님의 안내를 들으면서 내 통증의 가능성에 대해 타인이

범위를 지정하는 이 상황이 새삼 어색하다. 이 처치는 아프지는 않은 행위라는 기준이 먼저 정해지는 바람에 나는 아파서도, 아픔을 호소해서도 안 될 것만 같다. 그렇다면 '이상한 느낌'에 집중해본다. 오른쪽 아래 어금니가 있어야 할 자리의 잇몸, 신체에서 가장 보드랍고 축축한 장소일 구강 내부에 딱딱하고 차가운 나사 기둥이 빙글빙글 돌아 내려가는 게 느껴진다. 심연에 닿자마자 다시 반대 방향으로 빙글빙글 돌려 뽑더니 뭔가 갈아내는 소리가 난다. 기성품 나사못이 너무 커서 내 치아 사이의 좁은 공간에 맞지 않기에 다듬어야 한다는 설명이 따라온다. 틈날 때마다 지긋이 물어 누르며 나사기둥의 머리를 내 치아 높이에 맞게 적응시켜야 한다는 지시도 받았다. 모두에게 똑같이 적용되는 기성품의 노화는 없으니 저마다 고유한 나이듦의 모습을 스스로 찾으며 적응해야 한다는 모종의 은유처럼 들린다.

공중부양하는 각도로 눕듯이 앉은 채로 힘을 빼고 있자니 지난해 삼촌과 오랜만에 식사했던 일이 떠올랐다.

아빠가 태어나고 묻힌 경상남도 내륙의 농촌 지역에서는 섬진강에서 잡은 돌게를 식재료로 널리 활용한다. 아빠는 59세에 돌아가셨다. 환갑이 넘어서 이제는 늙음의 정도가 아빠를 따라잡은 아빠의 막냇동생이 게장을 와작와작 씹어 드시는 걸 보고, 삼촌 연세에도 이가 튼튼하시네요, 인사를 건넸다. 삼촌의 대답은 이미 임플란트를 아홉 개 '심었다'는 거였다.

"요즘은 저렴하기나 하지, 내가 심을 때는 한 개에 600만 원씩이었다."

임플란트 얼리 어답터인 삼촌처럼 나도 게장을 좋아한다. 그리고 게장을 먹을 때는 와그작와그작 씹는 충동을 참지 못하다가 치아에 금이 가서 120만 원을 주고 이를 심는 처지에 접어들었다. 갑각류를 좋아하는 입맛과 튼튼한 턱뼈, 위험도 감수하는 쾌락주의, 좋지 못한 치아 건강이 한 꾸러미로 유전되고 있다는 부분에서 DNA에 대한 약간의 경외감을 느꼈다. 지난 세기에 돌아가신 할머니는 어땠더라? 임플란트가 없던 시대라 틀니를 하셨다. 할머니가 벗어놓은 틀니의 잇몸 부분 실리콘은 선명하게 인공적인 분홍색이었다. 할머니 몸에 더 이상 그렇게까지 명랑한 색깔을 한 부분이라곤 존재하지 않았기 때문에 기이했던 게 아직도 생각난다. 가족 구성원도 치아도 빈자리가 하나라도 생기기 전까지는 꽉 차 있다는 인식조차 없었건만 점점 듬성듬성 빈자리가 늘어간다.

3개월 전 볼이 엄청나게 부어 처음 치과에 왔을 때 엑스레이를 찍고 어금니에 금이 가서 턱에 염증이 생겼다는 진단을 받았다. 원장님은 나긋한 목소리로 속삭였다.

"치아는 마모되는 거예요. 살살 조심조심 다루세요. 딱딱한 음식은 씹어 드시지 마시구요."

"선생님, 딱딱한 음식이란 과연 얼마나 딱딱한 음식인가요?"

"쌀밥이랑 두부, 나물… 그런 거 말고는 다 딱딱하죠."

"멸치볶음은 딱딱한가요?"

"그럼요."

"황태채 구이는 딱딱한가요?"

"물론입니다."

"혹시 그럼 견과류도 씹어 먹어서는 안 되나요? 아몬드 같은 거?"

"아, 아몬드 드시다가 이 깨져서 많이들 오세요."

게장 이야기는 꺼내지도 못했다. 충격적이었다. 한 번도 이렇게 조심스럽게 살아야 한다고는 생각하지 못했다. 세상은 다채로운 풍미로 가득 차 있으며 씹고 뜯고 맛보고 즐기는 곳 아니었나?

나이를 먹는다는 것은 여러모로 건조해지는 일 같다. 중년을 향해가는 몸의 방향은 착실히 물기를 잃는 쪽이어서 신체의 말랑하고 촉촉하던 부분들은 뻑뻑해지고, 단단하던 부분들은 부스러지기 시작한다. 치과를 나오면서 다음 예약을 잡았다. 일주일 뒤에 다시 방문해 치아 견본을 뜨는 작업을 해야 한다. 나이를 먹는 일도 한 번에 쉽게 되지 않고 이렇게나 지난한 시간이 걸린다. 가장 무서운 점은 이제 겨우 시작이라는 거다. 노화의 영역에서 처음 들어선 길을 어리둥절해서 밟아나가다 보면... 아마 몇 년 뒤에 갱년기라는 광야에 서게 될 것이다. 무시무시하다는 소문이 무성한 그 시기를 지나는 동안 마음까지 건조하고 메마르게 되거나, 인간관계에서까지 단단한 껍질 속으로 스스로를 파묻게 되지 않으려나 걱정스럽다.

오십을 바라보면서 어떤 방향 전환이 벌어지고 있다는 걸 감지한다. 주광성 식물이 해를 향해 이파리를 내듯 외부 세계를 향해 뻗어나가던 인생의 촉수들이 안을 향해 움츠러드는 걸 느낀다. 나이 먹는 것이 근심스러운 사건으로 다가오는 이유는 단순히 앞으로 못생겨지고 불편해질 거라는 뜻에서만은 아니다. 나는 그보다 크고 중요한 질문을 끌어안고 씨름한다.

내가 스스로에게서 좋아해온 부분, 긍지를 느껴온 나의 본질 가운데 젊음의 특질이라 부를 만한 것들을 떼어낸 다음에는 무엇이 남을까? 기꺼이 받아들이고 나를 변화시켜보려는 적극성과 유연성, 활력과 생기, 귀찮지만 재미있는 일들을 마다하지 않는 개방성, 강하고 단단한 신체와 그 몸이 가진 체력을 바탕으로 타인에게 베푸는 친절, 꺾이지 않고 시도하는 장난과 농담, 순발력과 용기, 새로운 영역에 대한 호기심, 누군가에게 의지하지 않고 혼자 문제를 해결하려는 독립심, 내 업무 분야에서 일을 효율적으로 장악하고 해내는 유능함.... 앞으로 다가올 날들이 이런 것들을 점점 잃어가는 시간이라면? 그럼에도 나는 나 자신을 여전히 좋아할 수 있을까?

어떤 밤과 어떤 아침

얼마 전 오랜만에 만난 J 언니는 갱년기를 혹독하게 통과하고 있었다. 온몸의 관절 주변 통증이 극심해서 4개월 동안 일상생활이 어려울 정도였다고 한다. 컨디션이 좀 나아졌다는데도 여전히 거동이 자유롭지 않은 모습을 보며 안타깝기도 두렵기도 했다. J 언니는 체형도 날렵한 데다 몇 년 전부터 근력 운동을 성실하게 해왔다고 들었는데

(갱년기를 건강하게 나는 데는 체중 감량과 근육량 확보가 도움이 된다는 게 정설이다) 호르몬의 농간 앞에서는 그 노력이 보람 없이 흩어져버린 것이다. 언니보다 한 살 어린 나 역시 호르몬의 무작위 횡포에 무기력하게 휘둘릴 수 있겠다 싶어서 덜컥 겁이 났다. 같은 자리에 있던 일행 중 유일한 노년 여성이자 갱년기를 이미 지나온 O 님은 이렇게 대꾸했다.

"혹시 남편이 힘들게 하는 건 아니니? 남자랑 20년씩 같이 사는 여자들이 여러 가지로 참고 견디다가 종종 아프게 되곤 하거든."

언니의 남편은 O 님의 아들이다. 나중에 J 언니에게 듣자니 O 님, 그러니까 언니의 남편의 어머니는 며느리의 갱년기 소식을 듣고 '금융치료'를 하라며 용돈을 주셨다고 한다. 물질적으로 위안이 될 만한 걸 구입하거나 병원에 다니며 호르몬 처방을 받거나, 뭘 해도 좋으니 원하는 대로 돈을 쓰라고 말이다. 돈을 쓴다고 해서 갱년기의 아픈 몸이 바로 낫지야 않겠지만 가족 가운데 그걸 알아주는 사람이 있다는 점은 확실히 든든할 것 같다. 같은 어려움을 겪어본 사람이, 지나고 나면 별것 아닌데 엄살 부리지 말라고 깎아내리는 게 아니라 네가 힘든 걸 아니 무엇이든 도움이 된다면 의지해 견뎌보자고 건네주는 마음이라니. '내가 해봐서 아는데' 하는 표현은 자신의 탁월함을 높이기 위해서가 아니라 다른 사람을 있는 그대로 받아들이기 위해 쓰여야 옳을 것이다.

그날 O 님의 집에서 하루를 묵었다. 식탁에서 차를 마시다가 의자에 놓인 수상한 놋 막대기를 하나 발견했다. 무기로도 쓸 수 있을 만큼 단단하고 중간중간 굴곡진 부분이 있는 이 매끄러운 황동색 봉의 용도를 물어보니 셀프 마사지용 스틱이라고 한다. 가만 보니 그 집에서 수상한 물건은 놋 막대기만이 아니었다. ㄱ자 형태로 구부러지고 속이 빈 대나무 봉, 오톨도톨한 돌기가 나와 있는 실리콘 공(심지어 옥이 함유되었다고 한다), 나무와 스테인리스로 된 다양한 괄사와 지압기... 그리고 목, 등, 어깨, 손, 발을 위한 각 부위 전용 마사지 기구들.... 자칭 독거

노인인 76세의 O 님은 혼자가 아니었다. 각종 도구와 활발한 스킨십을 나누고 있었다.

"남편도 없고 자식들은 독립한 지 오래고. 나 혼자 사니까 등이 뻐근할 때 누가 풀어줄 사람도 없잖아. 이런 걸로 혼자 해결하는 거지. 그러니 내가 얼마나 바쁘겠니? 하루 종일 돌아가면서 이것들 한 번씩만 쓰기에도 시간이 모자라."

하긴 바쁠 만도 하다. O 님의 일주일 루틴을 한번 들여다보자. 목욕탕 월 정기 회원으로 매일 사우나와 가벼운 운동, 동네 사교를 함께 즐기는 한편, 격일로 주 3회는 요가, 그리고 일주일에 한 번 등산과 헬스를 한다. 궁금한 질문이나 공부하고 싶은 분야가 생기면 '유튜브 선생님'을 만나는데 이때는 '덜덜이'와 함께한다. 한 사람이 올라설 수 있는 정도의 면적에 편평한 검은 고무판이 부착된 '덜덜이'라는 기구는 찾아보니 셰이크보드라는 정식 명칭을 가진 진동 마사지기였다. O 님은 30분 정도 집중해서 볼 만한 영상이 있을 때, 소파에 눕는 대신 이 덜덜대는 마사지기를 켜두고 그 위에 서서 영상을 본다는 것이다. 길가메시 서사시, 중동학 개론, 이혼 전문 변호사의 케이스 상담, 박완서 소설 『나목』 리뷰 영상.... O 님의 구독 목록은 다채롭다. 요즘 세상에 대해 모르는 것도 평생 배우고 싶은 것도 너무 많은데 유튜브가 곧 새로운 문물의 창이라는 O 님의 입가에는 즐거움을 만끽하는 사람의 만족스러운 미소가 맴돌았다.

저녁을 배불리 먹은 터라 소화도 시킬 겸 나도 O 님의 컬렉션을 번갈아 하나씩 사용해봤다. 그 집 거실은 실로 노년 여성이 스스로 만든 자기 취향의 놀이동산이었다. '머리 어깨 무릎 발 무릎 발' 노래처럼 어깨, 목, 종아리, 발 돌아가며 마사지하고 공을 벽과 등 사이에 끼운 채 굴리며 신나게 놀다 보니 생각 없이 밤이 깊었다. 눕자마자 스륵 잠들어 근래 들어 가장 깊게 꿀잠을 잤다. 다가올 날에 대해 앞서 찾아오던 불안과 걱정이 조금 옅어졌다. 내가 나이를 먹는 것은 막을 수 없고 어떻게 나이를 먹을지도 결정할 수 없다. 다만 적어도 즐겁게 살기를 선택하며 웃는 모양을 따라 주름을 만들어갈 수는 있을 것이다.

O 님이라는 즐거운 어른의 생활을 조금 엿보면서 내가 아침을 보내는 방식과 닮았다는 생각이 들었다. 아침에는 나에게 잘해주는 편이다. 몸이 힘들기 때문이다. 아침 시간에는 사람이 좀 반숙란처럼 흐물흐물한 느낌이라 조심해서 다뤄야 한다. 우선 잠에서 깨면 여기가 어디고 내가 누구인지를 인식하는 데 시간이 걸린다. 초점이 맞지 않는 눈으로 천장이나 벽을 응시하다가 눈을 몇 번 끔뻑여본다. 혼미한 정신을 삽시간에 꿈에서 빼내 현실로 내동댕이치는 건 대체로 몸에서 느껴지는 뻑뻑하고 불유쾌한 감각이다. 저마다 뭐라고 말을 걸어오는 손가락 관절이나 무릎 같은 데의 존재를 느끼면서 그 목소리에 귀를 기울인다. 전날 운동을 세게 한 날은 허벅지나 엉덩이의 근육통이 엄습해 오기도 한다. 가장 먼저 치아가 욱신거리는 감각을 느낄 때도 있다. 가령 임플란트 시술의 한 과정을 밟고 온 다음 날 같은 경우 말이다. 관절도 근육도 치아도, 어린 시절에는 그것이 거기 존재한다는 걸 딱히

의식하지 않고 지냈다. 몸의 마디마디가 아프거나, 아프지 않으려면 근육을 꾸준히 연마해야 한다는 개념이 없었으니까. 그저 자유롭게 움직이고 쓰러져 잘 자고 나면 가득 충전이 되었고, 정신이 들자마자 벌떡 일어나 급히 출근을 하는 날의 반복이었다.

인디언(뿌리 깊은 오해에서 비롯되어 오래 불려온 이름인데 요즘은 아메리칸 원주민 또는 선주민이라고도 부른다)들이 말을 타고 달리다가 가끔씩 멈춰서 뒤를 돌아봤다는 이야기는 널리 알려져 있고 자주 인용되기도 한다. 걸음이 느린 자신의 영혼이 미처 몸을 쫓아오지 못할까 봐 달려온 길을 한참 동안 돌아보며 기다린다는 것이다. 아침마다 내가 하는 일도 그와 비슷하다. 정신이 육체에 온전히 합쳐지도록 충분히 기다려준다고 할까. 그러다 보니 아침을 잘 보내는 방법에 통달해버렸다. 출근 전 새벽에 일어나 운동을 하고 외국어 학원에 다니는 MZ 세대 직장인들 식의 '갓생'이 아니라 아침 시간에 특히 어눌해지는 나 자신을 잘 다루는 방법을 알게 된 거다.

우선 불쾌하게 깨지 않고 싶어서 알람을 맞추지 않으며, 자연스럽게 눈이 떠질 때 기상한다. 오전에 쫓기는 상황이 생기지 않도록 중요한 일정은 오후 2시 이후로 잡는다. 일어나 움직이기 전에 먼저 방문을 열어놓고 고양이 손님들을 침대 위로 초대한 뒤 껴안고 뒹굴대면서 행복한 감정을 만끽한다. 눈에 조금씩 초점이 맞기 시작하면 휴대폰을 열어 이메일이나 메시지를 확인하는데 이때 SNS 앱을 켜거나 숏폼 영상 같은 걸 보기 시작하면 끝장이다. 멍하니 보고 있다가 한두 시간을 순식간에 잃어버리고 기분도 나빠지게 되니 조심해야 한다. 오늘의 날씨를 확인하며 충분히 햇볕을 쬔다. 창문을 열어두고 천천히 환기가 되기를 기다리면서 차갑지도 뜨겁지도 않은 상온의 생수를 한 잔 마신다. 고양이가 간식에 섞어준 약을 잘 먹는지 지켜보며 기다리는 동안 옆에서 요가 견상 자세로 척추 기지개를 켠다. 아점을 먹기 전에 곡물 향이 나는 부드러운 보이 숙차를 몇 잔 마시는 것도 좋다. 식도를 따라 위장까지 내려가는 따스한 나무 기운을 감각한다.

전날 읽다가 둔 책을 몇 줄, 내키면 몇 페이지 이어 읽으면서 좋은 문장에는 부드러운 4B 연필로 밑줄을 긋는다. 종이에 사각대며 미끄러지는 연필의 감촉과 흑연의 냄새를 느낀다. 아침에는 명료한 질서와 규칙의 세계에 대한 신뢰를 회복시켜주는 음악을 듣는 것이 좋다. 예를 들면 바흐의 피아노 모음곡이나 모차르트의 플루트 소나타. 그러면 비로소 또 하루 세상 속으로 나가 사람들과 섞여서 일하고 놀고 친절을 발휘하며 지내볼 수 있을 것 같은 단단한 상태가 된다. 반드시 지켜야겠다는 의무감이 없기에 루틴이라고 부르기도 머쓱한 작은 습관들로 채워진 느릿한 속도의 아침이야말로 내가 누리는 사치다.

아침이 힘들어서 견디는 방법을 촘촘하게 익혀두었더니 기이하게 아침 시간이 좋아하는 것들로만 채워졌다. 스스로를 속이는 연기가 점점 능숙해져서 이제는 아침을 싫어했다는 사실마저 헛갈린다. 세월이 더 흘러도 아침은 쉬워질 리 없고, 내 몸에서 주장을 들어줘야 할 부위와 기관은 점점 더 여러 군데가 되어 있을 테다. 그렇다면 아침을 잘 보내는 방법의 목록도 계속해서 성실하게 늘리며 나 자신을 현혹해보기로 한다. 나의 아침은 점점 더 길어질지도 모른다. 어쩌면 하루 종일이 아침이 되고 매일이 아침이 될 수도 있겠다. 아침을 보내듯 그렇게 하루를, 매일을, 한 해 한 해를 좋은 것들로 채워 느릿하게 보낸다면 노년의 시간도 지내볼 만한 것이 될 수 있겠다. 인생의 전반기는 선명해지고 단단해지려는 시간이었다. 추구하고자 하는 멋, 차림새에서 드러나는 감각과 취향, 말투에 담기는 재치, 일할 때 성실한 사람이고자 노력하는 태도, 다른 사람에게 사랑받고 싶어서 하는 배려와 노력... 그런 것들이 분명 한 사람의 느낌을 형성하는 시기가 있다. 그것이 지나가고 난 인생 후반기에는 대신 잘 흐려지고 부드럽게 사라져가는 연습을 다짐한다. 나 자신과 타인들의 한 발 늦는 영혼을 관대하게 기다려주기로 한다.

다시 100살

"그래, 나는 100살까지는 살 거야. 그러니까 너도 같이 놀 수 있게 오래 살아줘. 앞으로는 1년에 하나씩 기억할 만한 모험을 해보려고 해. 그러면 죽기 전에 적어도 50개의 신나는 일들을 만들 수 있지 않을까?"

100살 다음에 모험이라는 낱말이 언급되니 그 조합이 신선하고도 근사했다. 그러고 보면 B는 늘 일종의 모험을 준비하고 있었다. 홀연히 뉴욕으로 가서 2년 정도 살다 오기도 했으며, 마흔이 넘어서 런던으로 유학을 떠나거나 자기 이름을 걸고 회사를 만드는 용감한 선택도 감행했다. 9.11 테러를 목격하며 받은 큰 충격에, 삶에 어떤 변화가 생길지 예측할 수 없으니 하고 싶은 일들을 뒤로 미루는 대신 바로 지금 살아버리자는 결심을 했고 이런 가치관을 정립하니 이후의 여러 결정들이 쉬워졌다고 한다. 나도 뉴욕 출장을 갔을 때 B의 집에서 며칠 신세를 진 적이 있다. 우리는 20년이 지난 지금도 같이 술을 마실 때마다 어마어마한 폭설이 내린 그해 1월 뉴욕에서 푹푹 빠지는 눈밭에 길을 내며 같이 빨래방에 갔던 일을 안주 삼는다. 일요일 이른 아침 눈에 갇힌 도시는 잠시 모든 움직임을 멈춘 듯했다. 각진 건물들을 부드럽게 덮어버린 어마어마한 양의 흰 눈과 그 위를 비추던 햇살의 눈부심, 코를 찡하게 울리며 들어오던 차가운 공기의 감각은 언제 다시 꺼내서 곱씹어도 맛나다. 이런 것이야말로 평범한 사람들의 모험담이리라.

B는 얼마 전 시칠리아에 한 달 살기를 하러 떠났다.

에트나 화산이 연기를 내뿜으면서 폭발할 수도 있다는 뉴스가 있어서 괜찮냐고 물었더니 B가 말했다.

"야, 거긴 1년에 300일은 폭발 중인데 뭔 걱정이야."

B의 모험에 행운이 함께하기를 기도한다. 그리고 나를 위한 기도도 덧붙여본다. 몇 개의 이는 더 잃어도 삶을 향한 호기심은 잃지 않기를, 임플란트가 점점 저렴해지는 것처럼 세상에 더 나아지는 부분도 있다는 것을 기억하기를. 많이 겪어본 뒤에도 쌀쌀한 태도로 비웃기보다는 작은 우연들을 기대하는 사람이기를. 그때 주름을 깊이 만들며 크게 웃을 수 있기를. 내가 주목받는 대신 누군가를 기꺼이 칭찬할 수 있는 아량과, 아직 삶에 적응 중인 젊은이들이 세상에 잘 초대받은 손님처럼 느끼도록 대할 수 있는 친절함을 소망한다. '내가 해봐서 아는데'라는 말 뒤에 얼마나 힘들겠냐는 이해와 포용이 따라붙을 수 있기를 기도한다. 가진 것들이 사라졌을 때도 마지막까지 줄지 않는 관대함은 지니기를 원한다. '그래서'가 아니라 '그럼에도 불구하고' 즐거운 어른이기를.

KI신서 13052
내가 너에게 좋은느낌이면 좋겠어

1판 1쇄 인쇄 2024년 9월 27일
1판 1쇄 발행 2024년 10월 9일

지은이 김민철 김하나 하미나 홍인혜 황선우
펴낸이 김영곤
펴낸곳 (주)북이십일 21세기북스

유한킴벌리 좋은느낌 김철희
온더플래닛 김상영 이원용 김효정 김지선 김희지

인문기획팀 팀장 양으녕 책임편집 이지연 마케팅 김주현
디자인 엘리펀트스위밍 교정교열 조유진
출판마케팅팀 한충희 남정한 나은경 최명열 정유진 한경화 백다희
영업팀 변유경 김영남 강경남 황성진 김도연 권채영 전연우 최유성
제작팀 이영민 권경민

출판등록 2000년 5월 6일 제406-2003-061호
주소 (10881) 경기도 파주시 회동길 201(문발동)
대표전화 031-955-2100 팩스 031-955-2151 이메일 book21@book21.co.kr

ISBN 979-11-7117-830-8 03810